# 무정철혈

월인 新무협 판타지 소설

FANTASTIC ORIENTAL HEROES

# 무정철협 2

월인 新무협 판타지 소설

초판 1쇄 찍은 날 § 2013년 1월 3일
초판 1쇄 펴낸 날 § 2013년 1월 10일

지은이 § 월인
펴낸이 § 서경석

편집부장 § 권태완
편집책임 § 박우진

펴낸곳 § 도서출판 청어람
등록번호 § 제1081-1-89호
등록일자 § 1999. 5. 31
어람번호 § 제2-2295호

주소 § 경기도 부천시 원미구 심곡2동 163-2 서경B/D 3F (우) 420-822
전화 § 032-656-4452 팩스 § 032-656-4453
http://www.chungeoram.com
E-mail § chungeorambook@daum.net

ISBN 978-89-251-3133-7 04810
ISBN 978-89-251-3131-3 (세트)

# 무정철협

월인 新무협 판타지 소설

FANTASTIC ORIENTAL HEROES

2

별리(別離)

도서출판
청어람

目次

第十四章

과욕「過慾」

"할아버지!"

흡사 한 마리 꾀꼬리가 지저귀는 듯한 목소리에 바삐 걸음을 옮기던 한조산은 등을 돌렸다.

은하표국의 금지옥엽 하수린이 활짝 웃으며 다가오고 있었다.

나이보다 앳된 얼굴이 요정처럼 귀여웠다. 아직은 소녀티를 벗지 못해 요정 같은 모습이었지만 좀 더 성장하여 성숙미까지 갖춘다면 정말 산동제일미라는 호칭도 과분하지 않을 것이란 생각이 들었다.

"허허! 우리 수린 아가씨, 오늘은 더 예쁘군요."

한조산의 얼굴에 봄바람처럼 부드러운 미소가 번져 나갔다.

은하표국에서 그가 이런 표정을 지을 때는 유일하게 하수린을 대할 때였다. 그런 그의 얼굴에서는 온몸에서 피어오르는 살기만으로도 이한성을 숨이 막히게 했던 모습은 손톱만큼도 찾을 수 없었다.

"원행 떠나시는가요, 할아버지?"

하수린이 귀여운 손녀딸처럼 어리광을 부리며 물었다.

"그렇답니다, 아가씨. 국주님 명령을 받자와 며칠 일을 보러 나갑니다."

한조산이 여전히 인자한 미소를 띤 얼굴로 답했다.

이곳에서 지내며 한조산은 지극히 평범한 노인으로 행동했고 누구를 막론하고 적당한 거리를 두며 지냈다.

국주 하유걸하고도 마찬가지였고, 총표두 정가진이나 다른 표사들과도 그랬다.

그래서 이곳에 있는 모든 사람은 한조산을 있어도 그만이고, 당장 어디로 떠난다고 해도 별로 섭섭하지 않을 노인으로 느끼고 있었다.

그런데 하수린하고는 그것이 되지 않았다.

하수린은 언제나 한조산을 친할아버지처럼 대했고 처음에는 거리를 두던 한조산도 이제는 그 벽을 허물고 하수린을 친손녀에게처럼 부드럽게 대했다.

"그럼 당분간 못 뵙겠네요?"

하수린이 시무룩해진 표정으로 한조산을 쳐다보았다.

"그리 오래 걸리지는 않을 겁니다, 아가씨. 길어야 닷새, 빠르면 사흘 안에 돌아올 수도 있습니다."

"그렇군요. 너무 길면 어쩌나 했어요."

하수린이 금방 표정을 풀며 웃었다.

"우리 아가씨 보고 싶어서라도 최대한 빨리 와야겠군요. 허허허!"

한조산은 너털웃음을 터뜨렸다.

"그렇다고 너무 서두르지는 마세요. 그럼 힘들잖아요."

"하하. 그건 또 그렇지요."

한조산은 하수린의 사려 깊은 성격에 고개를 끄덕이며 연신 미소만 지었다.

"할아버지… 이거!"

하수린이 등 뒤에 감추고 있던 보자기 하나를 불쑥 내밀었다. 한조산이 며칠 떠나는 것을 알고 미리 준비한 것인 듯했다.

"뭡니까, 이게?"

한조산이 눈을 동그랗게 뜨며 물었다.

"날씨가 많이 추워졌어요. 그래서 제가 버선을 두 켤레 만들었어요. 연세도 있으신데 할아버지는 언제나 버선도 안 신고 옷도 얇게 입고 다니시잖아요."

하수린은 핀잔을 주듯이 눈을 살짝 흘기며 한조산의 차림새를 훑어보았다.

"아이쿠! 이렇게 귀한 것을……. 몸도 약한데 이런 걸 만드느라 얼마나 고생을 하셨을까……."

한조산은 보자기를 풀어 솜이 두툼하게 들어간 버선 두 켤레를 만져 보며 감탄과 함께 안타까운 표정도 같이 지었다.

이런 것을 직접 만들었다면 그만큼 무리를 했을 것이다.

보통 사람들이라면 별문제가 없겠지만 평소 몸이 약해 글을 읽는 시간도 길게 유지하지 못한다는 것을 알기에 고마우면서도 가슴이 아팠다.

"며칠 전부터 쉬엄쉬엄 만들어 힘들지 않았어요. 마침 멀리 일 떠나신다고 하니 잘 되었어요."

하수린은 전혀 무리하지 않았다는 것을 보여주기라도 하듯 활달한 표정을 지었다.

"정말 고맙습니다, 아가씨. 아가씨 덕분에 올 겨울은 이 늙은이 발이 호강을 하겠습니다."

한조산은 함박웃음을 지으며 너스레를 떨었다. 그러나 하수린은 그것으로도 안심이 안 되는지 한조산의 겉옷을 잡아당겼다.

"이거 봐요. 겉옷도 이렇게 허술하잖아요. 이러다 감기 걸리면 어쩌려고 그러세요. 안 되겠어요. 여기서 잠시 기다리세요."

한조산이 말릴 틈도 없이 하수린은 토끼처럼 큰오빠 하정현의 처소로 달려갔다.

"허어—"

한조산은 멍하니 하수린이 사라진 쪽을 바라보며 서 있었다.

추위 같은 것은 잊은 지 이미 오래였다.

아무도 없는 곳에 잠시 앉아서 호흡을 고르거나, 그것도 여의치 않으면 걸어 다니면서 운기를 하면 되었다. 그래서 한겨울에도 얇은 옷을 입고 지냈는데 하수린은 그것을 안쓰럽게 생각한 모양이었다.

"할아버지!"

잠시 사라졌던 하수린이 다시 뛰어왔다.

"켁! 켁! 아이고, 숨차!"

얼마 되지 않은 거리였지만 하수린은 힘이 드는지 얼굴을 사과처럼 붉히며 기침을 토했다.

한조산은 흠칫 신형을 굳혔다.

예전에는 그냥 몸이 약해서 그런다고 생각했다. 그러나 그것이 단순히 약체여서가 아니라 희귀절맥 때문이라는 것을 이한성으로부터 들었다. 또한 그 때문에 스물을 넘길 수 없다는 사실도……

한조산은 얼른 하수린의 어깨를 잡고 다른 한 손으로 등을 두드려 주었다.

그의 손끝이 하수린의 등 쪽 혈 몇 군데를 슬쩍 건드렸다.

"그렇게 달리다가 넘어지기라도 하면 어쩌려고 그러십니까?"

한조산이 혀를 차며 짐짓 엄한 표정을 지었다.

"혹시라도 할아버지께서 달아나 버릴까 싶어서 그랬죠."

하수린은 한결 나아진 표정으로 투정 어린 음성을 토했다. 그리고는 팔에 낀 것을 펼쳤다.

그것은 큰오빠 하정현의 겨울 외투였다.

한눈에 보기에도 솜이 두툼하게 든 외투는 그 가격도 만만치 않을 것 같았다. 그것을 하수린은 큰오빠에게서 뺏어온 것이다.

"이거 입고 다녀오세요. 큰오빠는 다른 외투도 많이 있으니 아낀다고 봇짐에 넣어두지 말고 꼭 입고 다니세요."

한수린은 옷을 펼쳐 억지로 한조산에게 입혀주었다.

"아, 아가씨. 그것은……."

"어서 입으세요. 만약에 돌아오셨을 때 입은 표시가 안 나고 깨끗하면 사흘 동안 따라다니면서 옛날 얘기 해달라고 조를 거예요."

하수린이 야멸찬 표정과 함께 엄포를 놓았다.

"아이쿠… 그건……."

한조산이 울상을 지었다.

하정현의 비싼 옷을 자신이 입고 다니는 것도 부담스러웠

지만 하수린이 사흘 동안 따라다니며 옛날 얘기를 해달라고
조르는 것은 더 곤혹스러웠다.

"푸후! 그러니 아무 말씀 마시고 입고 다니세요. 아셨죠?"

한조산의 난감해하는 표정을 본 하수린이 실소를 터뜨린
후 다시 무언가를 내밀었다.

"이건 또 뭔가요, 아가씨?"

한조산의 표정이 더욱 난감해졌다.

"육포 몇 조각 하고 빙당호로 몇 개를 넣었어요. 육포는 허
기질 때 드시고, 빙당호로는 지쳤을 때 드세요. 피곤할 때는
빙당호로가 그만이에요. 제가 경험해 봐서 잘 알아요."

다른 사람들보다 훨씬 피로를 잘 느끼는 하수린은 자연스
럽게 그것을 터득하고 자신의 산 경험을 한조산에게 전해주
었다.

"허허!"

한조산은 아무 말도 못하고 손에 든 보자기를 쳐다보기만
했다.

이곳에서 몇 년째 생활하며 후덕한 주인 덕에 먹는 것, 입
는 것에 애로를 느낀 적이 없었다. 하지만 정이 그리운 것은
어쩔 수 없었는데 이따금씩 하수린은 그 골짜기를 채워주고
있었다.

'이런 아이가 스물을 넘기지 못한다니…….'

한조산은 안쓰러운 눈으로 하수린을 쳐다보았다.

"왜 그런 눈으로 쳐다보세요, 할아버지?"

하수린이 새침하게 표정을 바꾸며 목소리를 높였다.

"아이쿠! 아닙니다, 아가씨. 이 늙은이가 너무 감격해서 그
만…… 엉엉!"

한조산이 얼른 소매로 눈물을 닦는 시늉을 했다.

"그렇게 쳐다볼 땐 꼭 누구 같아요."

하수린이 살며시 눈을 흘기며 혼잣소리처럼 말했다.

"누구라니요? 누가 또 아가씨를 저처럼 쳐다봤다는 건가
요?"

한조산이 의구심 어린 표정과 함께 물었다.

"그런 친구가 있어요."

하수린이 알려줄 수 없다는 듯 입을 꼭 다물었다.

'친구라…….'

한조산은 이한성을 떠올리며 속으로 읊조렸다.

자신이 뿜어내는 살기에 숨이 막혀 하면서도 이한성은 친
구와의 약속을 지키고 싶다고 했다. 그래서 자신의 호흡을 배
우고 싶다고 했다.

그놈이라면 죽어서도 약속을 지키려고 할 것이다.

하지만 그것이 말처럼 쉬운 게 아니니 문제였다. 하수린의
오음칠절절맥이라면 한조산 자신의 몸속에 있는 진기를 모두
다 쏟아붓는다 해도 불가능했다.

그건 자신의 공력이 약함이 아니라 그렇게 했다가는 하수

린이 견디지 못할 것이었다.

약한 혈을 보호하며 그 혈속을 바윗덩이처럼 막은 절맥을 뚫을 수 있게끔 부드러우면서도 강하게 진기를 이끄는 것은 자신으로서는 불가능했다.

'후우—'

한조산은 긴 한숨을 속으로 삼켰다.

"어쨌든 그 외투하고 버선, 꼭 입고, 신고 다니세요. 아셨죠?"

하수린은 다짐이라도 받으려는 듯 한조산을 정시하며 물었다.

까만 눈망울이 흡사 보석처럼 반짝였다.

"허허! 누구 분부시라고 거절하겠습니까. 한시도 안 벗고 입고 다니겠습니다."

한조산은 외투의 단추를 채우며 답했다.

"호호! 그럼 안심이에요. 너무 서두르지 마시고 쉬엄쉬엄 다녀오세요. 오실 때는 선물 한 개도 잊지 마시고요."

하수린은 다시 한조산의 팔을 붙들고 애교를 부렸다.

"어떤 선물을 원합니까, 우리 공주님?"

"그걸 제가 정하면 기대감이 떨어지죠. 할아버지께서 알아서 골라주세요. 너무 비싼 것은 싫으니 비싸지 않은 걸로요."

하수린은 눈을 찡긋거리며 말했다.

깨물어주고 싶은 만큼 귀여운 용모였다.

"알겠습니다, 우리 예쁜 공주님. 제가 깊이 생각해서 좋은 걸로 하나 골라오지요. 허허!"

한조산의 얼굴에 자애로운 웃음이 번져 나갔다.

이때만큼은 한조산의 메마른 가슴에도 봄바람이 가득 들어찼다.

"그럼 기대할게요, 할아버지."

"추운데 어서 들어가십시오, 아가씨. 이몸은 이만 가봐야겠습니다."

한조산이 고개를 끄덕인 후 천천히 등을 돌렸다.

"휴우—"

정문을 향해 걸음을 옮기는 한조산이 안타까운 표정과 함께 속으로만 삼키던 한숨을 길게 뿜어냈다.

*　　　　*　　　　*

'이번 일만 성공시키면 우리 은하표국은 한 단계 더 뛰어오를 수 있어.'

자신의 방에서 창밖을 바라보고 선 하정현은 주먹을 불끈 쥐었다.

오 년 전만 해도 은하표국은 산동성에서 다섯 손가락 안에 드는 표국이었다. 또 그 몇 년 전에는 세 손가락 안에 들어 조금만 더 세력을 키우면 산동성 제일의 표국이 될 수도 있다는 말을 여러 번 들었다.

그러나 동생 수린이가 병약한 몸이라는 것을 안 아버지께서 백방으로 영약을 구하고 의원에게 치료를 부탁하면서 가세가 기울었다.

그것을 탓하고 싶은 마음은 손톱만큼도 없다.

인형 같고 요정같이 예쁜 막내 동생을 위해서라면 자신이라도 그렇게 했을 것이다. 그래서 가세가 기우는 것은 어쩔 수 없었다.

하지만 아버지는 좀 고지식한 면이 있었다.

돈 들어갈 데가 많으면 사업도 그만큼 파격적으로 해 나가야 한다.

좀 위험한 표행이라도 모험을 해봐야 하고, 약간은 미심쩍은 의뢰라도 맡아야 한다.

그것이 자신의 생각이었다.

그러나 아버지는 너무 원칙적으로만 사업을 하고 계신다.

그러다 보니 은하표국의 위상은 점점 떨어지고 있다.

더 이상은 그걸 바라만 볼 수는 없다.

예전에는 자신이 어려서 어쩔 수 없었지만 이젠 가정을 꾸려도 될 어엿한 장부다.

그간 여러 번의 표행도 완벽하게 해내었기에 이젠 어떤 것도 자신 있었다.

그래서 이번 표행을 하고 오는 길에 황 대인의 의뢰도 기꺼이 맡았다.

황 대인의 가문인 황가장은 현재 제남에서 세 손가락 안에 드는 부자 가문이라 할 수 있었다.

그것도 최근 오 년 사이에 급속도로 가세가 확장한 가문이었다.

오 년 전에는 그냥 이름이나 조금 알려진 가문이었는데 황 대인, 즉 황염동(黃苒棟)이 가주가 되면서 세력이 급속도로 팽창했다.

황염동은 발이 넓은 사람이었다.

젊은 시절에는 인근의 한량들과 곧잘 어울리며 같이 한량 짓을 하기도 하고, 노류장화에 파묻혀 그의 부친 속을 무던히 썩이기도 했다. 그러다가 뒤늦게 철이 들었는지 서른 중반을 넘어서며 사업에 수완을 발휘하여 그간 완전히 잃어버렸던 부친의 신뢰를 서서히 회복했고 마침내 차기 가주가 되었다.

가주가 되자마자 황염동은 한량 짓을 하며 맺어두었던 인맥들을 최대한 활용하여 공격적으로 사업을 벌여 나갔다.

그 한량들 중에는 가문의 위명을 업고 관부로 진출한 사람들도 있었고 상계의 거물로 성장한 사람들도 있었다.

그뿐만 아니었다.

그들 중에는 큰 도박장과 고리대금업, 주루, 심지어는 밤의 세계에서 활약하는 인물들도 있었다.

황염동은 그들에게 줄 것은 주고 받아낼 것은 철저히 받아

내며 사업을 확장시켜 나갔다.

그런 황염동의 사업 수완을 지켜본 모든 사람은 황염동이 젊은 시절 인근 한량들과 방탕하게 어울리던 짓들이 결코 허송세월이 아니라 미래를 위한 투자였다는 것을 깨닫게 되었다.

어쨌든 황염동은 그렇게 사업을 늘려 오 년 안에 그저 그렇던 자신의 가문을 급속도로 성장시켰다.

그리하여 그의 가문은 이제 황가장으로 격상되었고, 그 자신은 황 대인으로 불리게 된 것이다.

황염동의 그런 입지적인 삶을 잘 알고 있는 하정현은 황염동의 표물을 계속 맡는다는 사실에 흥분을 금치 못하며 그 자리에서 의뢰를 받아들였다.

사실, 표물을 인계받은 후 반드시 한 달 안에 목적지에 수송해 달라는 조건 외에 이번 표행에는 한 가지 더 추가된 조건이 있었다.

그건 몇 가지 표물의 종류를 불문에 붙여 달라는 것이었다. 대신 표행에 성공했을 때의 보수는 보통의 경우에 비해 다섯 배를 내겠다는 조건이었다. 또한 앞으로 황가장의 표행에는 최우선적으로 은하표국을 이용하겠다고도 했다.

그 자체로도 파격적이었고 성공하면 앞으로 큰 이익을 남길 수 있었다.

물론 하정현은 그것을 부친 하유걸에게는 비밀로 했다.

만약 하유걸이라면 하늘이 무너져도 그런 의뢰는 받지 않을 것이다. 하지만 하정현은 그런 부친의 사업방식을 융통성 없이 고리타분하다고 생각하고 있었기에 위험부담을 안고 의뢰를 받아들인 것이다.

암표(暗鏢)!

그런 표행은 암표라고 부르며 합법적이지 못한 물건이나, 고관대작에게 건네는 뇌물 등을 운반하는 데 이용되었다. 그러기에 일이 잘못되면 곤란한 지경에 처하기도 하고 표물의 종류에 따라 큰 위험이 따르기도 한다.

하지만 모험이 없으면 성공도 없는 법이다.

산동성에 있는 표국 중에서 그런 암표를 받지 않는 표국은 거의 없었다. 대부분 알게 모르게 암표를 의뢰받았고 그것으로 인해 남모르는 부를 축적하기도 했다.

은하표국이라고 그러지 말라는 법은 없다.

아무도 모르게 그것을 수행하고 큰 이익을 내면 은하표국도 황가장과 같은 성세를 이룰 수 있는 것이다.

하정현은 길게 한숨을 내쉬었다.

그렇게 야심차게 추진하던 계획에 한 가지 문제가 생겼다.

이번 표행에 아버지가 동참하겠다고 한 것이다.

그건 전혀 예측하지 못한 일이었다.

수린의 치료 때문에 아버지는 집에 계실 줄 알았다. 그런데 표행에 동참하겠다고 한 것은 무슨 위험을 예감한 것이란 말인가?

아버지가 동행하게 되면 표물을 철저히 확인하고 마차에 실을 것이다. 그리고 표행 도중에도 몇 번이고 확인을 거듭할 것이다. 그렇게 되면 애초에 출발 자체가 불가능해진다.

분명히 표행은 취소가 될 것이고 황염동에게 의뢰비의 몇 배나 되는 금액을 계약파기에 대한 위약금으로 지급해야 한다.

재산을 불리려다 오히려 위약금을 물고 신용마저 추락하고 말 것이다.

'어떻게 한다?'

하정현은 머리가 지끈거리는 기분이었다.

어떻게 하든 아버지가 동행하지 않게 해야 하는데 아무리 머리를 싸맸지만 별다른 묘책이 떠오르지 않았다.

아버지는 한번 작정한 일에 대해서는 웬만해서는 뜻을 바꾸지 않는다. 누가 보아도 합당한 이유가 있기 전에는 표행에 동참하실 것이다.

'정탁이하고 의논을 해야 할까?'

하정현은 동생 하정탁을 떠올렸다.

자신보다 좀 더 냉철한 데가 있는 동생 정탁이라면 무슨 다른 수가 있을지도 몰랐다.

'얘기나 한번 해보자.'

생각을 굳힌 하정현은 일어설 차비를 했다.

그때 밖에서 인기척이 들렸다.

"큰형! 안에 있어?"

천만 뜻밖에도 둘째 동생 하정욱의 목소리였다.

동생 하정욱은 일찍부터 무공에 뜻을 두고 산동성에서 알아주는 문파인 유진문(流進門)의 속가제자로 입문하여 무공을 배우고 있었다. 그리고 언제나 이맘때면 집으로 와서 춘절을 보내고 다시 문파로 돌아갔다.

유진문은 또한 부친 하유걸이 수련한 문파이기도 했다.

하유걸 역시 어린 시절 셋째 아들 하정욱처럼 유진문에서 고된 수련을 받은 속가제자였다.

그곳에 계속 남아 있었다면 무공이 절정의 수준에 이르렀겠지만 외아들이었던 그는 가업을 이어받기 위해 수련을 중도에 마치고 오늘에 이르렀다. 하지만 사업을 이어가는 중에도 틈틈이 수련을 게을리 하지 않았기에 그의 검술은 고수의 수준을 넘어서고 있었다.

"정욱이냐?"

하정현은 반가운 고함과 함께 왈칵 문을 열었다.

건강한 모습의 하정욱이 빙글거리며 서 있었다.

구릿빛으로 그을린 얼굴에 어깨가 떡 벌어진 모습이 타고난 무골임을 느끼게 했다.

"일 년 사이에 더 건강해졌구나!"

하정현은 와락 동생 정욱의 두 어깨를 잡았다.

"형도 작년보다 더 의젓해졌네. 이젠 어서 장가를 들어 아 버지 어머니에게 손자를 안겨 드려야 할 것 같은데?"

하정욱은 여전히 빙글거리며 큰형 하정현을 쳐다보았다.

"어서 들어가자. 어머니 아버지께는 인사를 드리고 오는 거지?"

"당연하지."

"그래. 거기 앉아라, 차를 준비할 테니. 차를 마시며 그간 어떻게 지냈는지 이야기를 나누자. 그동안 무공은 얼마나 진 전이 있었는지, 그리고 너희 문파는 또 얼마나 성장했는지 궁 금하기 그지없다."

하정현은 하정탁에게 가려던 생각도 잊어버리고 홍분된 목소리로 말하며 차를 끓였다.

잠시 후 차탁을 마주하고 차를 마시며 하정현은 물끄러미 동생 하정욱을 바라보았다.

바로 아래 동생 하정탁은 조금 냉철한 성격에다 남자 형제 들이 으레 그렇듯이 바로 위의 형은 경쟁상대로 생각하는 터 라 거리가 좀 있었다. 반면 하정욱은 어릴 때부터 하정현을 잘 따랐고 우애가 두터웠다.

"내 얼굴에 뭐라도 묻었어?"

하정욱이 씨익 웃으며 말했다.

"이젠 너도 장부가 다 되었구나. 먼저 장가가도 되겠다."

"형이 가고 싶어 그러는 거 아니야?"

하정욱이 같이 농담으로 응수했다.

"이젠 말도 많이 늘었네. 예전 같았으면 농담인 줄도 모르고 길길이 뛸 텐데. 하하하!"

하정욱은 대견한 듯 웃음을 터뜨렸다.

"그건 그렇고… 무공은 얼마나 는 것이냐? 이젠 사부님으로부터 직접 수련을 받는 수준이 된 것이냐?"

하정현은 눈을 반짝이며 물었다.

유진문은 검술을 우선으로 하는 문파로 산동성에서 역사가 깊었다.

문도 수는 약 오백 명 정도인데 그중 고수로 불릴 수 있는 사람이 백 명은 되었다.

그들 백 명 중에서 장문인을 비롯한 장로급 인물들의 무공은 절정고수 수준에 도달해 있었다.

그 외 이대제자, 삼대제자들이 있는데 하정욱은 삼대제자였다.

"그래. 이번 심사를 통과해서 그 자격을 얻었어. 춘절을 보내고 다시 돌아가면 그때부터는 사부님께 직접 배우기로 했어."

하정욱은 자부심 가득한 미소와 함께 답했다.

유진문에 입문하게 되면 일 년 동안 문파의 기본 무공을 배우고 사부를 정한다. 그런 다음 사형들에게서 사부의 독문무공을 배우다가 어느 정도 수준에 도달하면 사부로부터 직접 배우게 된다.

대게 그 정도 수준에 도달하려면 이십 세 전후가 되어야 하는데 하정욱은 타고난 소질로 인해 열여섯에 벌써 그 수준에 도달했으니 자부심을 가질 만도 했다.

"그거 대단한 것이지?"

하정현이 정색을 하며 물었다.

"뭘, 보통이지."

표정과는 달리 하정욱은 심드렁하게 답했다.

"표정은 그게 아닌 것 같은데?"

"들켰나?"

하정욱이 뒷머리를 긁었다.

"녀석하고는……. 하하!"

하정현은 통쾌하게 웃었다.

무공에 입문한 후 하정욱은 정신적으로도 여유가 느껴졌다. 그런 성격이라면 혹여 무공만 알고 다른 쪽으로는 문외한이 되는, 외골수로 나가는 일은 없을 것이다.

"그런데……."

호쾌하게 웃고 있는 하정현을 보며 하정욱이 조심스럽게 말을 꺼냈다.

"왜? 사문에 무슨 일이라도 있는 거야?"

하정현도 온 얼굴에 피어오른 미소를 지우고 말했다.

"그게 아니라… 수린이는… 이번에도 큰 효과를 못 본 모양이지? 어머니 아버지 표정이 밝지 않던데."

하정욱은 금세 침울한 표정이 되어갔다.

이맘때마다 산동제일의 천호연이 이곳에 들러 작년에 행한 치료의 결과를 진맥하였다. 올해도 마찬가지로 천호연이 다녀갔다고 했다. 그런데 그날 부모님 모두 표정이 어두워 보였다.

"내 짐작이 맞아. 올해도 별 차도가 없나 봐."

하정현은 무겁게 고개를 끄덕였다.

그들은 하수린의 수명이 육 년 정도밖에 남지 않았다는 사실은 모르고 있었다.

그건 하유걸 부모와 천유걸만 아는 비밀이었다. 물론 하수린은 이미 알고 있었고 이젠 이한성과 한조산도 알게 되었지만…….

"휴우—"

하정욱은 길게 한숨을 내쉬었다.

자신에게는 하나밖에 없는 동생이자 은하표국의 꽃이었다. 정상적으로 성장을 하였다면 벌써부터 산동제일미라는 소리도 들을 법했다.

그런데 작년과 비교해 외모가 얼마 변하지도 않았고, 여전히 바람만 세차게 불어도 쓰러질 듯 연약해 보였다.

자신이 기를 쓰고 무공을 익히려 한 것도 따지고 보면 동생 수린과 연관이 있었다.

어릴 때부터 너무 연약한 동생의 곁에서 중원 최고의 호위 무사처럼 언제까지나 지켜주고 싶었다. 그래서 어린 마음에 무공을 익히겠다고 떼를 썼고 지금의 자신이 있는 것이다.

"정말 방법이 없는 것일까?"

하정욱은 답답한 음성으로 물었다.

하정현도 안타까운 표정을 하며 찻잔만 응시했다.

집을 떠나 있는 하정욱보다 집에서 같이 생활하는 그가 더 큰 책임감을 느끼고 있었다.

"그런데 정작 수린이는 그런 티를 조금도 안 내고 너무 밝게 행동해서 마음이 더 아파."

하정욱은 허공을 쳐다보며 다시 한숨을 내쉬었다.

예전에는 동생 수린에게서 언뜻 언뜻 어두운 구석이 엿보였는데 이번에는 너무 밝아 보였다. 그것이 하정욱의 가슴을 더욱 아프게 했다.

"그건 사연이 있어."

하정현이 차를 한 모금 마신 후 말했다.

"사연?"

"그래. 요즘 수린이가 한결 밝아 보이는 것은 꾸며서 그런 것이 아니라 그런 일이 있었기 때문이야."

하정현은 동생 수린이 아버지와 함께 저잣거리로 나갔다가 큰 사고를 당할 뻔한 일에서부터 최근 이한성과 친구가 되기로 한 사연들을 하정욱에게 모두 들려주었다.

"그런 일이 있었단 말이지?"

무겁기만 하던 하정욱의 표정이 대번에 밝아졌다.

언제나 친구가 없이 외톨이로 지내던 동생에게 친구가 생겼다는 것은 무엇보다 기쁜 일이다. 비록 그 녀석이 산골 촌놈이라 해도 수린이 친구로 택했다면 믿을 수 있는 것이다.

그러나 그에 못지않게 하정욱의 관심을 자극한 것은 이한성의 능력 때문이었다.

형 하정현의 설명을 다 믿을 수는 없지만 눈이 안 보이는 상태에서도 동생 수린을 구해내고 바로 위의 형 하정탁의 주먹까지 피해냈다는 것은 보통 감각이 아니다.

그건 눈이 멀쩡한, 그리고 명문대파에서 무공을 익히고 있는 자신으로서도 쉽지 않은 일이었다. 또한 탈골된 어깨도 며칠 만에 회복이 되었다고 했다. 그건 정말 놀랄 만한 일이다.

"좀처럼 믿어지지 않는군. 아주 흥미로워. 내일 당장 만나 봐야겠어."

하정욱은 들뜬 목소리로 말하고는 차 한 잔을 더 따라 단숨에 들이켰다.

第十五章　조력자(助力者)

'저 녀석인가?

이한성을 만나러 가던 하정욱은 별채 건물 한 모퉁이에서 마침 대숲으로 걸어가는 이한성을 발견하고는 그 자리에 서서 지켜보고 있었다. .

'그런데 저곳으로는 왜 가는 것이지?

하정욱은 고개를 갸웃거렸다.

눈도 안 보이는 이한성이 대숲으로 들어간다는 것이 이해가 안 되었다.

'소피라도 볼 모양인가?

하정욱은 그렇게 생각했다.

별채 안에도 뒷간은 마련되어 있었다. 그러나 눈이 안 보이는 사람에게는 대숲이 더 낫겠다는 생각도 들었다.

'엇!'

이한성이 멀어짐에 따라 모퉁이에서 상체를 빼내던 하정욱은 경호성을 삼켰다.

일정한 걸음걸이로 걸어가던 이한성이 문득 걸음을 멈춘 때문이었다.

하정욱은 움찔 놀라며 빼내던 상체를 건물 뒤로 도로 집어넣었다.

이한성을 만나려고 가는 길이었지만 뒤에서 지켜보다가 들킨 꼴이었기에 자신도 모르게 몸을 숨긴 것이다.

잠시 걸음을 멈추었던 이한성은 등을 돌려 자신의 숙소를 향해서 돌아갔다.

하정욱은 멍하니 이한성을 쳐다보기만 했다.

'설마 내 낌새를 느끼고 걸음을 돌린 건 아니겠지. 그렇다면 이건 거의 괴물 수준인데?'

하정욱은 속으로 혼란을 느꼈다.

건물 모퉁이에서 아무런 소리도 내지 않고 고개만 내밀었다. 설혹 소리가 난다고 해도 들릴 만한 거리가 아니었다. 그런 거리에서 상체를 조금 더 들이밀려고 하자 대숲으로 가던 이한성이 걸음을 멈추고 되돌아간 것이다.

감각이 보통 사람들보다 몇 배는 더 예민하다는 큰형 하정현의 말을 들었지만 정말 자신의 낌새를 느낀 때문이라면 소름이 돋을 정도이다.

무공의 고수라면 모르겠지만 무공을 모르는 상태에서 그 정도면 상식 밖의 일이었다.

잠시 후 하정욱은 다시 고개를 내밀었다.

이한성은 어느새 자기 처소로 들어가고 있었다.

'방으로 가서 만나봐야겠군.'

입맛을 다신 하정욱은 이한성의 처소를 향해 걸음을 옮겼다.

"내 이름은 하정욱이라고 해. 수린이의 셋째 오빠지."

이한성의 숙소를 찾은 하정욱은 자신을 소개했다.

"이한성입니다."

이한성은 간단하게 자신의 이름만 밝혔다.

대숲으로 가는 도중에 건물 모퉁이에서 자신을 바라보는 누군가의 존재를 느끼고는 되돌아왔는데 자신의 감각이 맞았음을 느꼈다.

그는 아마도 자신을 만나러 오는 길에 자신을 발견하고는 그렇게 쳐다본 모양이었다. 어쨌든 자신의 호흡 수련은 비밀로 해야 했기에 그가 쳐다보는 것을 느끼고는 돌아오고 말았다.

"형이랑 수린이에게 네 얘기는 벌써 들었어. 그래서 만나

보고 싶었다."

하정욱은 자신의 마음을 솔직하게 드러냈다.

"저도 그랬습니다."

이한성도 자신의 속마음을 밝혔다.

수린에게서 무공을 배우러 갔던 셋째 오빠가 어제 집으로 돌아왔다고 들었다. 그래서 곧 만나게 될 것이라 생각하고 있었다.

무공으로 자신의 모든 것을 극복하고자 마음먹은 이한성이었기에 무인이라면 누구에게나 특별한 관심이 갔다.

한조산이나 총표두, 그리고 이곳 주인인 하유걸.

모두 무공을 소유하고 있었고 한조산에게는 자신의 모든 것을 밝히고 숨 쉬는 법을 가르쳐 달라고까지 했다.

하지만 그들은 너무 먼 곳에 있었다.

자신이 무공에 대해서는 전혀 문외한인 지금 상태에서는 그들보다는 또래인 하정욱이 훨씬 큰 도움을 줄 것 같았다. 그래서 수린으로부터 하정욱의 얘기를 들었을 때 큰 관심이 일었던 것이다.

"그랬어? 그건 의외인데."

하정욱은 반가운 음성으로 대꾸했다.

"나야 네가 워낙 특별하다는 소리를 들었으니 만나보고 싶었지만 넌 왜 날 만다고 싶었다는 거야?"

하정욱이 눈을 반짝였다.

"무공에 대해서 알고 싶은 게 많았습니다. 그래서……."

"아하— 무공!"

하정욱은 환한 표정과 함께 고개를 크게 끄덕였다.

자신의 가장 큰 장기가 그것이었기에 누군가 그것에 관심을 가진다는 것이 기꺼운 것이다.

"그런데 넌……."

하정욱은 얼른 입을 다물었다.

눈도 안 보이는데 왜 무공에 대한 관심을 보이느냐는 말을 하고 싶었지만 중원에는 시력을 잃은 맹인무사들도 있었다.

안타깝다면 그들은 보통 사람들에 비해 훨씬 고난스런 수련을 하고 실력은 더 뛰어나면서도 눈이 안 보이는 단점으로 인해 제대로 된 대접을 받지 못하는 경우가 많았다.

"무공을 배울 작정이냐?"

하정욱은 단도직입적으로 물었다.

이한성은 묵묵히 고개를 끄덕였다.

"왜?"

하정욱의 표정에 이채가 짙어졌다.

수린이나 두 형에게서 이한성에 대해 들은 바로는 하나같이 심지가 돌처럼 굳고, 무엇이든 한번 결심하면 하늘이 무너져도 포기하지 않고 이루어낼 녀석이라고 했다. 그런 녀석이 무공을 배우겠다고 달려든다면 무공광이 될 것이다.

"왜 무공이 배우고 싶지?"

하정욱은 다시 물었다.

"좋아서요."

잠시 후에 이한성이 짤막하게 답했다.

뜻밖의 대답에 하정욱은 한동안 멍하니 이한성을 쳐다보았다.

이한성이 왜 무공을 배우려 하는지는 대충 짐작이 간다고 생각했다.

시력을 잃은 상태에서 무공으로 모든 감각을 최고조로 일깨우고 몸마저 가볍게 되면 그것들이 시력을 대신해 줄 수 있을 것이다.

이한성 역시 그럴 것이라 생각했다. 그런데 대답은 예상과 달랐다.

"그래? 무공이 왜 좋지?"

침을 꿀꺽 삼킨 하정욱은 다시 물었다.

"그냥 좋습니다."

이한성은 다시 짤막하게 답했다.

"글쎄. 그냥 좋다는 말만으로는 그게 어떻게 좋은지 모르겠군. 혹시 시력을 잃어 육체적 능력을 상승시키고 싶어 그런 거냐?"

하정욱은 이한성의 표정을 유심히 살피며 물었다.

"처음에는 그랬습니다. 무공을 통해 시력을 되찾고, 약속… 그런저런 이유 때문에 배우고 싶었습니다."

이한성은 솔직한 심정을 밝혔다.

"그런데?"

"여전히 그런 이유도 있지만 이젠 그런 것보다는… 그냥 무공을 익히고 싶습니다. 내 몸이 간절히 그걸 원한다는 것을 느낍니다."

처음에는 시력을 찾고 싶어서, 그리고 더 나아가 자신의 아랫배에 있는 기운으로 하수린의 절맥을 치료해 주고 싶어서 애타게 무공을 배우고 싶었다.

그러나 지금은 그것이 첫 번째 이유가 아니었다.

한조산의 호흡을 따라하겠다고 기를 쓰다가 좌절을 한 채 대숲에 드러누웠다. 그리고 어느 순간 대나무 가지 사이를, 대나무 이파리 사이를 감돌아 나가는 바람결을 보고 무언가 깨달음을 얻고는 자신마저 잊고 그 바람결을 따라 호흡을 해 보았다.

온몸이 날아갈 듯한 해방감!

무언가 혈관의 찌꺼기들을 모두 씻어주는 듯한 청량감!

이런 상태라면 그 어떤 것이라도 이룰 것 같은 자신감!

한겨울로 치닫고 있었지만 조금도 추위가 느껴지지 않고 온몸이 더운 온천에 들어앉은 것처럼 편안하고 훈훈했다.

사흘 전의 일이었다.

그 사흘 동안 느낀 경험들은 무공에 대한 갈증을 이전보다 수십 배는 더 증폭시켰다.

"네 몸이 무공을 익히기를 간절히 원하고 있다고?"

이한성의 대답에 하정욱은 뒤통수를 한 대 맞은 느낌을 받았다.

좋아서 한다는 것!

더 나아가 좋아하기 이전에 몸이 간절히 원해서 한다는 것!

배움에 있어 그것보다 더 완벽한 조건이 또 있을까?

또한 그것보다 더 확실한 이유가 있을까?

그것에 더해 이 녀석은 괴물 같은 감각을 지녔다. 좋은 스승을 만나 제대로 수련을 한다면 엄청난 성취를 이룰 것이다.

현재로선 자신이 그 역할을 해야 할 것 같았다.

자신 역시 아직 햇병아리 수준이라 깊은 가르침은 불가능하겠지만 최소한의 길은 열어줄 수 있을 것이다. 그렇게 자신이 물꼬를 터주는 역할을 하고 나면 이 녀석은 언젠가는 거대한 강줄기가 되어 흘러가고 있을 것이다.

"좋아! 내가 이곳에 있는 동안 능력 닿는 데까지 도와주지."

하정욱은 흔쾌히 고개를 끄덕였다.

"고맙습니다."

이한성이 고개를 숙였다.

"고맙기로 따진다면 내가 더 하지. 내 하나밖에 없는 동생의 목숨을 구해주고, 또 그 애가 티 한 점 없이 밝게 웃을 수 있게 해주었으니까."

하정욱은 이한성의 어깨를 두드렸다.

"수린이와 친구가 되었다니 너는 지금부터 내 동생이다. 그러니 앞으로는 형이라고 불러라. 아니, 위로 두 형이 있으니 나보고는 셋째 형이라 불러라."

하정욱은 무공을 익힌 사람답게 시원하게 나왔다.

그의 목소리에서는 한 점의 가식도 없었고, 한 점의 거리낌도 없었다.

하수린이나 그 두 형인 하정현, 하정탁처럼 신분의 차이 같은 것은 조금도 의식하지 않고 이한성 자신을 동생으로 받아들이고 있다는 것이 느껴졌다.

그건 아마도 부친이나 모친인 하유걸 부부로부터 자연스럽게 이어받은 인성일 것이다.

그들 부부는 사람을 신분으로 판단하지 않았다.

그들은 사람을 판단하고 대하는 데 있어서 밖으로 드러난 외양보다는 내부적인 것을 우선시했다.

자신을 대할 때도 그랬고 황삼을 대할 때도 그랬다.

또한 백정 출신의 의원 천호연에게는 형님으로 부르며 깍듯이 모셨다.

그런 하유걸의 성품에 반한 천호연은 산동제일의라는, 어쩌면 콧대 높을 수 있는 호칭도 걷어치우고 십 년이 넘게 하수린의 절맥을 치료할 방법을 강구하고 있었다.

하정욱 역시 부모님들의 영향을 받아 조금도 거리를 두지 않고 이한성을 대했다.

"왜 싫어?"

하정욱이 눈 사이를 좁히며 물었다.

"그렇게… 하겠습니다."

이한성은 천천히 고개를 끄덕였다.

"자식이… 그런데 왜 뜸을 들여. 난 성질이 급해서 그런 상황에 미적거리는 건 딱 질색이야. 한 번뿐인 인생, 화끈하게 살고 화끈하게 죽는 거야. 하하!"

하정욱은 짐짓 호방한 무인처럼 호탕하게 웃었다.

이한성은 가슴이 뛰는 것을 느꼈다.

이젠 대숲에 가서 혼자 장님 코끼리 만지는 식의 수련은 하지 않아도 될 것 같았다.

하정욱은 자신에 비해 겨우 두 살밖에 많지 않은 소년이었지만 무공 수련은 벌써 팔 년이 다 되어간다고 했다. 그러니 길을 끝까지 이끌어줄 수는 없어도 길목을 가르쳐 주는 정도는 부족함이 없을 것이다.

"좋아! 오늘은 인사를 나누는 선에서 끝내고 내일부터 시작하지. 제일 먼저 마보(馬步)를 서서 단전에 기를 느끼는 수련부터 할 생각이야. 기를 느껴야 운기를 하고, 축기를 하여 무공을 배울 수 있는 것이지. 난 일단 시작하면 확실히 하는 성격이야. 대충대충 넘어가는 것은 절대로 못 봐. 그러니 마음 단단히 먹는 게 좋아."

하정욱은 이제껏 가르침만 받다가 자신이 누구를 가르친
다는 생각에 절로 흥이 나서 우두둑 손마디를 꺾었다.

"한성아!"

하정욱의 손마디 꺾는 소리와 함께 밖에서 들뜬 목소리가
들렸다.

황삼의 목소리였다.

보름 후에 돌아온다며 마을로 돌아간 황삼이 며칠 늦게 온
것이다.

"손님이 온 모양이군. 그럼 난 가볼게."

"내일 뵙겠습니다."

하정욱이 나가고 황삼이 들어왔다.

"그동안 신수가 훤해졌구나, 이 녀석!"

황삼은 실내가 떠나갈 듯한 큰 소리와 함께 이한성의 얼굴
을 어루만졌다.

"아저씨도 별일 없이 다녀오셨습니까?"

이한성도 밝은 목소리로 답했다.

황삼의 몸에서 풍겨오는 산바람 냄새, 들바람 냄새, 순박한
산촌의 냄새가 마을에 대한 그리움을 몰고 왔다.

강 노인 부부와 다른 마을 사람들.

하나같이 자신을 안쓰럽게 생각하고 가난한 살림이었지만
밥 한 끼라도 더 먹여 보내려 했었다.

"그래. 이곳에서 좋은 음식 먹고 기운이 나서 한달음에 달

려갔다 왔다. 하하하!"

황삼은 싱글벙글 미소를 지었다.

"강씨 할아버지 부부는 잘 계시는지요?"

이한성은 제일 먼저 강 노인 부부의 안부를 물었다.

"그래. 잘 계신다. 그런데 목이 좀 안 좋다고 하셨다."

"목은 왜?"

이한성은 걱정스런 마음이 되었다.

아들 며느리 봉양 받고 손자 손녀들 재롱이나 보며 편히 지내야 할 노인들이지만 슬하에 자식이 없으니 일을 낙으로 살아가고 있었다. 산삼을 판 돈으로 형편이 좋아졌다고 하더라도 손에서 일을 놓을 사람들이 아니었다. 일을 하다가 목을 삔 모양이라는 생각이 들었다.

"하루 종일 목을 빼고 널 기다리는데 좋을 리가 있겠냐. 하하하!"

황삼은 자신의 농담에 만족한 듯 호탕하게 웃었다.

전혀 황삼답지 않은 농담에 이한성은 속으로 어이가 없었지만 강 노인 부부가 다친 게 아니라니 안심이 되었다.

"짐작이 갑니다……."

이한성은 당장 달려가지 못하는 처지라 마음이 아팠다.

평소 딸처럼 생각하던 어머니가 돌아가시고 이젠 자신을 아들처럼 생각하고 계시는 강 노인 부부의 심정을 알기에 더욱 그랬다.

"걱정 말아라. 네 눈을 뜨게 하기 위해 이곳 표국주께서 백방으로 알아보며 안 보내주려 한다고 하니 일 년이든 이 년이든 있다가 오라고 하셨다."

황삼은 느긋한 표정이 되어 강 노인 부부의 안부를 전했다.

"다른 사람들은?"

이한성은 마을 사람들의 안부도 물었다.

워낙 가난하게 사는 사람들이라 그곳을 벗어나는 일이 없어 별로 달라질 것도 없지만 떨어져 있다 보니 궁금했다.

"다들 별일 없이 잘 있다. 모두 네 소식을 궁금해하더구나."

황삼의 말을 들은 이한성은 순박한 마을 사람들의 모습을 하나하나 떠올렸다.

모든 사람들의 얼굴들이 주마등처럼 떠올랐다.

시력을 잃어 눈으로 그들을 못 본 지도 일 년이 다 되어가니 그들의 얼굴도 조금씩은 변했을 것이다. 특히 하루가 다르게 크는 아이들은 더 많이 변해 있을 것이다.

시력이 돌아와 그들을 다시 볼 때까지는 그들의 모습은 언제나 지금 그대로 기억 속에 남아 있을 터였다.

이한성은 나직한 한숨과 함께 그리운 얼굴들을 뇌리에서 떨쳐 냈다.

"오늘은 어째 수린 아가씨가 안 보이느냐? 한시가 멀다고 이리로 오더니. 하하!"

너털웃음을 터뜨리는 황삼의 목소리에 식지 않는 흥분의 기운이 느껴졌다.

원래 속에 숨기는 것 없이 호방한 성격이었지만 이번에는 그런 기운이 좀 더했다.

"무슨 좋은 일이 있습니까?"

이한성은 황삼 쪽으로 신경을 집중하며 물었다.

"좋은 일이라니? 무슨 말이냐?"

황삼이 되물었다.

"아저씨 목소리에서 하늘을 날 듯하는 기분이 느껴집니다."

"내, 내가?"

당황한 황삼의 얼굴 색감이 더 붉게 느껴졌다.

"하하! 네 녀석은 못 속이겠구나. 어째 눈이 보일 때보다 더 족집게냐?"

황삼은 머리를 긁적인 후 말을 이었다.

"글쎄 말이다. 마을로 돌아간 다음 날 강씨 어르신이 날 부르시더니… 나보고… 내년 봄에…… 허허허!"

장삼이 말을 끝내지 못하고 다시 머리를 긁적였다.

이한성은 재촉하지 않고 황삼의 말을 기다렸다.

"글쎄. 내년 봄에… 장가를 보내준다고…… 허허허!"

황삼이 쑥스러운 마음을 대신하듯 큰 웃음을 터뜨렸다.

"정말 잘됐습니다!"

이한성은 자신의 일처럼 기쁜 마음으로 목소리를 높였다.

강 노인에게 황삼을 부탁하고 자신의 몫인 은덩이까지 주고 왔으니 강 노인이 결코 무심하지 않으리라 생각하고 있었지만 이렇게 빨리, 그리고 이렇게 파격적으로 일을 추진하리라고는 생각지 못했다.

어쨌든 너무 다행스럽고 기쁜 일이었다.

지금 황삼에게 가장 급하고 가장 필요한 것은 가정을 꾸리는 일일 것이다.

"아저씨는 장가를 가서야 사람이 될 거라는 생각을 내내 하고 있었는데 이젠 안심입니다."

이한성은 기쁜 마음에 농을 던졌다.

"예끼, 이 녀석아! 그럼 내가 지금은 사람이 아니고 짐승이냐? 하하하!"

황삼이 이한성의 머리를 가볍게 쥐어박으며 대소를 터뜨렸다.

"상대는……?"

이한성은 무엇보다 그것이 궁금했다.

신중한 강 노인이 아무런 준비도 없이 황삼에게 그런 말을 하지는 않았을 것이다.

아마도 잘 어울리는 사람을 구했을 것이다.

"글쎄… 그게 말이다……."

황삼이 다시 머리를 긁적였다.

"노인네가 무슨 재주를 부렸는지 우리 마을에서 좀 떨어진 마을에 있는 노처녀에게 매파를 넣었더구나. 노모 병수발을 하느라 혼기를 놓치고 노처녀가 되었는데…… 그 처녀를 소개까지 해주어서…… 보고 오느라 늦었다. 허허허!"

황삼은 웃음을 참지 못했다. 아마 입이 귀밑까지 찢어졌을 것이다.

"마음에 들든가요?"

이한성은 신중하게 물었다.

허풍선이 같은 황삼은 야무진 여자를 만나야 한다. 안 그러면 평생 자기 실속은 챙기지 못하고 살아갈 것이다.

"착하게 생겼더구나. 그러면서도 야무지게 보이고……. 하지만 내 주제에 마음에 들고 말고 할 것이 어디 있느냐? 과수댁이라도 와준다면 머리를 조아리고 맞이해야 할 처지에… 처녀라면… 평생 업고라도 다녀야지."

황삼이 감격에 젖은 목소리로 말했다.

아마도 마음에 쏙 든 모양이었다.

"그래서 혼인을 하면 노모는 내가 친어머니처럼 모시며 살기로 했다. 그런데……."

하늘을 날아가려던 황삼의 목소리가 별안간 땅으로 내려깔렸다.

"그런데요?"

"그 처녀가 노모 병구완을 하느라 빚이 좀 있는 모양이었다. 내가… 철이 덜 들어서 그동안 돈도 모아놓지 못해……."

황삼이 말을 맺지 못했다.

평생 물러터지게 살던 자신이 이제야 원망스러운 모양이었다.

"그건 걱정하지 마십시오."

이한성이 황삼을 안심시켰다.

강 노인이 그런 것도 생각하지 않고 일을 진행시켰을 리가 만무했다.

황삼 몫으로 자신이 준 은덩이들로 처녀의 빚을 갚아주기로 하며 만남을 주선했을 것이다. 큰 빚만 아니라면 그 정도면 충분할 것이다. 혹시 모자란다면 자신이 떠나오기 전에 자신의 방 벽 속에 숨겨둔 나머지 은덩이들로 해결할 셈이었다.

"걱정 말라니? 어떻게 걱정이 안 된다는 말이냐? 그 빚을 갚지 못한다면 그 처자는 내게 올 수도 없을 텐데?"

황삼의 목소리가 더욱 비감에 젖었다.

"걱정 마세요, 아저씨! 아저씨 혼사는 제가 책임질게요. 아버지께 부탁해서 안 되면 제가 가진 노리개를 팔아서라도 아무 지장 없이 치르게 해드릴게요."

하수린이 들어오며 백목련같이 환한 미소를 지었다.

황삼이 왔다는 말을 듣고 득달같이 달려오다가 두 사람이 나눈 얘기를 밖에서 들은 모양이었다.

"수린 아가씨!"

황삼이 놀란 표정으로 하수린을 쳐다보았다.

"보고 싶었어요, 아저씨!"

하수린이 황삼의 팔에 매달리며 어리광을 부렸다.

"아이고! 저도 보고 싶었습니다, 아가씨! 하지만……."

황삼은 하수린이 한 말이 부담이 되는 듯 황망한 표정을 지었다.

"아무 걱정 마시라니까요. 제가 친구가 어디 있어요. 한성이하고 아저씨뿐인데……. 그 정도도 못해 드린다면 사람도 아니죠. 그러니 아무 걱정 마세요. 저 이래 봬도 그 정도 힘은 있어요. 그러니 그런 걱정은 모두 떨쳐 버리고 마을 사람들 이야기나 좀 해주세요. 그간 어떤 일이 있었는지, 또 한성이를 얼마나 걱정하고 있는지, 강씨 할아버지 부부는 어떤지……."

하수린은 산골마을 이야기가 듣고 싶어 안달을 냈다.

"아가씨…… 어헝!"

황삼이 마침내 황소 같은 울음을 토했다.

이곳 은하표국은 황삼이나 이한성이 살던 마을 사람들의 기준으로는 아예 계산이 되지 않는 부잣집이었다.

이곳에 있는 말 한 마리만 팔아도 산골 마을 사람들 열 집의 재산과 맞먹을 만했다.

그런 부잣집의 딸인 하수린이 그렇게 하겠다면 그건 확정된 것이나 마찬가지다.

황삼의 눈에서 계속해서 눈물이 떨어졌다.

"아유— 이럴 때 보면 아저씨는 꼭 어린애 같다니까요. 덩치는 곰만 해가지고. 호호호!"

하수린이 교소를 터뜨렸다.

그러면서도 순박한 황삼의 마음에 동화되었는지 그녀의 눈꼬리에도 물기가 어렸다.

"그만 우시고 어서 마을 얘기를 좀 들려주세요. 그동안 너무 궁금했어요."

하수린은 얼른 눈물을 감추고 목소리를 높였다.

하수린의 재촉에 황삼은 눈물을 닦고 그동안 마을에 일어났던 일들을 미주알고주알 설명했다.

누구 집 개가 새끼를 몇 마리 낳았고, 누구 집 아들은 어떤 말썽을 부리다가 부모들에게 얼마나 혼이 났고, 또 누구 집 아낙과 누구 집 아낙이 별일 아닌 것으로 말싸움을 하다가 머리채를 잡았다든지…… 등등.

그걸 듣고 있으니 가만히 앉아서도 마을의 모습이 훤하게 그려졌다.

황삼과 하수린 두 사람은 이한성의 존재도 잊은 듯 한참을 웃고 떠들며 이야기를 나누었다.

이곳 표국에서만 생활한 하수린은 자신과는 전혀 다른 산골마을 사람들의 일상들이 아무리 사소한 것이라도 신기하고 재미있는 모양이었다. 그러면서도 때때로 가난 때문에 그들이 많은 어려움 겪는다는 것을 느낄 때는 황삼 모르게 낮은 한숨을 내쉬기도 했다.

이한성은 두 사람이 즐겁게 얘기하는 것을 관조하며 속으로 안도의 한숨을 삼켰다.

하수린이 책임진다고 했으니 황삼에 대한 일은 전혀 신경 쓰지 않아도 될 것 같았다. 하수린의 성격상 황삼으로서는 입이 벌어져서 다물지 못할 만큼 준비를 해줄 것이다.

착하게 살면 복이 온다는 말이 다른 사람들에게는 몰라도 황삼에게는 에누리 없이 적용되는 것 같았다.

"아이구! 아가씨. 이젠 좀 쉬었다 합시다. 이러다 목이 쉬어 내일부터는 한 마디도 못하겠습니다."

근 반시진이 지나자 황삼이 지쳤는지 손사래를 치며 뒤로 물러났다.

아마도 오늘 한 말이 황삼이 지금까지 살아오면서 한 말과 맞먹지 않을까 싶었다.

"아직 듣고 싶은 얘기가 많은데……."

하수린이 서운한 목소리로 투정을 부렸다.

목소리를 들어봐서는 꾸민 게 아니라 정말 더 듣고 싶어 하는 것 같았다.

황삼이 밤을 새워 얘기를 해주어도 싫증내지 않을 그녀였다.

"어디 오늘만 날입니까. 이곳에서 며칠은 머물다 갈 테니 오늘은 좀 쉬었다 다시 하기로 합시다."

황삼이 우는 목소리를 내자 하수린이 입맛을 다시며 떨어졌다.

"그래, 넌 그동안 진맥은 받아보았느냐?"

황삼은 비로소 이한성에 대해 궁금한 얘기들을 물어보았다.

이한성은 묵묵히 고개를 끄덕였다.

"결과는 어떻게 나왔느냐? 시력은 회복할 수 있다고 하더냐?"

황삼이 이한성 곁으로 바짝 다가앉으며 물었다.

이한성의 답이 궁금했는지 꿀꺽 하고 침 넘어가는 소리까지 들렸다.

"영원히 못 고치는 것은 아니지만… 당장은 힘들고, 천 의원님도 많은 연구를 해야 한다고 했습니다."

이한성은 담담한 목소리로 답했다.

"그, 그러냐?"

황삼이 기뻐해야 할지 슬퍼해야 할지 모르겠다는 음성으로 이한성의 표정을 살폈다.

영원한 불치병이 아니라는 사실은 반갑기 그지없지만 당장 고치지 못하고 오랜 시간이 걸릴지도 모른다고 하니 그건 답답하기 짝이 없었다.

만약 그 기간이 십 년이고, 이십 년이고 길어져 아까운 청

춘이 다 지나가고 나서 시력을 회복한다면 그건 너무 안타까
운 일이다.

"몇 년이나 기다려야 한다더냐?"

황삼이 다시 물었다.

"그건 확실치가 않습니다. 하지만 그리 길게 걸리지는 않
을 겁니다."

이한성이 다짐을 하듯 말했다.

천호연이 못한다면 자신의 힘으로라도 하고 말 것이다.

하수린에게 남은 시간은 육 년 남짓이다. 그 안에 아랫배
깊은 곳에 만년거암처럼 엉킨 기운을 녹여내고 시력도 되찾
을 것이다.

"정말 그러냐? 그렇다면 안심이다. 그래. 네 녀석이라면 어
떻게 하든지 그렇게 할 것이다. 하하하! 정말 다행이다. 하하
하하!"

황삼이 마치 자신이 눈을 뜬 것처럼 활짝 웃었다.

그동안 지켜봐 온 바로는 이한성이 저렇게 확신 있게 말한
것은 꼭 되었다.

어떻게 그런 일이 가능한지 몰랐지만 어린 나이에도 불구
하고 자신이 한다고 한 것은 꼭 이루고 말았다. 아니, 그전에
자신이 없는 것은 아예 입에 올리지도 않았다. 그러기에 황삼
은 얼마 지나지 않아 이한성이 시력을 되찾을 것처럼 들떴다.

"그러려면… 당분간은 마을로 돌아가지 못할 것 같습니다."

이한성이 조심스럽게 말했다.

강 노인 부부는 금전적으로는 남은 생을 아무 걱정 없이 지낼 수 있을 테지만 돈보다는 정이 그리운 노인들이기에 자신이 곁에 없으면 무척이나 쓸쓸할 것이다.

"시력을 찾기 위해서라면… 할 수 없지 않겠느냐. 두 어르신도 그걸 감안해서 일 년이고 이 년이고 있다가 와도 된다고 하신 것이 아니겠느냐? 그리고 내가 수시로 찾아뵐 테니 두 노인은 아무 걱정 말아라."

황삼이 이한성을 안심시켰다.

"그럼 신방은 우리 집에서 차리십시오."

이한성이 제안했다.

황삼도 집이 있었지만 집에서 생활하기보다는 사냥을 하느라 산에서 노숙을 하는 시간이 더 많았기에 그의 집은 사냥꾼 움막 수준이었다. 그것에 비하면 비록 두 칸뿐이지만 이한성의 집은 대궐이나 마찬가지였다.

"그, 그래도 되겠느냐?"

황삼이 들뜬 목소리로 물었다.

"아저씨가 그렇게 해주신다면 저는 더 바랄 게 없지요. 강씨 할아버지 부부가 우리 빈집을 보면 내내 한숨만 지으실 텐데… 아저씨가 그곳에서 가정을 이루고 사시면 어머니와 저의 빈자리를 채우는 격이니까요."

이한성이 차분한 음성으로 말했다.

"역시 너답다. 나는 그 생각은 못하고 새집을 하나 지어 드리겠다고 마음먹었는데……. 네 말을 듣고 보니 어떤 새집보다는 그 집이 더 좋을 것 같다. 아저씨가 사냥 가고 없을 땐 강씨 할아버지 부부가 보살펴 주실 거고……."

하수린도 연신 고개를 끄덕이며 맞장구를 쳤다.

"네 녀석은… 네 어머니를 꼭 닮았구나."

황삼은 목이 메어하며 창밖을 응시했다.

그의 망막에 한성의 어머니 버들네의 모습이 어렸다.

체격은 바람에 날아갈 듯 연약했지만 속이 깊고 어딘지 범접하지 못할 기운을 간직한 큰누님 같은 여인이었다.

그 속 깊고 범접하지 못할 기운이 지금 이한성의 몸에서도 풍기고 있었다.

"마을로 돌아가시면 제 방 왼쪽 벽에 있는 구멍부터 먼저 수리를 하십시오. 그 안에 제가 뭔가 조금 숨겨 놓았는데 그건 아저씨 혼례 선물로 하십시오."

"그, 그게 뭔데 그러느냐?"

황삼이 눈을 크게 뜨고 물었다.

"별건 아니고… 어머니 약값을 하려고 모아둔 돈이 조금 있습니다. 예쁜 신부님 양말이라도 한 켤레 사주십시오."

"이 녀석아. 너 먹고 싶은 것이라도 사 먹지 않고……."

황삼이 안타까운 음성을 토했다.

아직까지 가지고 있었던 돈이라면 사 먹고 싶어도 보이지 않아 못 사먹었을 것이다.

그걸 생각하니 가슴이 아팠다.

"자, 이젠 아저씨 혼사 문제는 다 해결되었으니 공부나 좀 할까?"

하수린이 천호연이 준 책을 끄집어내며 펼쳤다.

그것은 혈도에 관한 내용이 적힌 의서였다.

"아이고! 난 공부라는 소리만 들어도 현기증이 나니 내 방으로 가겠습니다."

황삼은 손을 내저으며 자신의 처소인 옆방으로 달아났다.

"호호! 황삼 아저씨는 평생 자기 이름도 못 쓰고 살아갈 거야."

하수린은 웃음과 함께 책을 도로 덮었다. 공부를 한다는 말은 황삼을 떨치기 위한 핑계임이 분명했다.

"오다가 셋째 오빠와 마주쳤는데 이곳에 왔다간 거야?"

하수린이 의구심이 이는 표정과 함께 물었다.

"그래."

이한성이 고개를 끄덕였다.

"웬일로? 널 알지도 못할 텐데."

어제 집에 도착했으니 오늘은 하루 종일 침대에 파묻혀 있을 줄 알았는데 여기까지 왔다 갔다니 놀랄 일이었다.

"큰 공자님… 아니, 큰형님에게서 들은 모양이야."

"뭐라고 들었기에 득달같이 달려왔을까? 집에 오면 며칠

동안은 세수도 하지 않고 침상에 드러누워 지내는 사람인
데."

하수린은 고개를 갸웃거렸다.

셋째 오빠 하정욱은 유진문에서 내내 고된 수련을 하였기
에 일 년에 한 번 집에 와 있을 때는 그것을 보상이라도 하려
는 듯 온갖 게으름을 다 피웠다. 씻는 것은 물론, 어떤 날은
밥도 하루에 한 끼밖에 먹지 않고 침상에 뒹굴며 잠만 잤다.

보다 못한 하수린이 깨우다 지쳐 얼굴에 물을 뿌려야만 겨
우 일어나 고양이 세수만 했다.

매년 그런 식이었기에 지금쯤이면 침상에서 수면 삼매경
에 빠져 옆에서 벼락이 친다고 하더라도 일어나지 않아야 했
다.

"무공을 배우기로 했어."

"무공?"

하수린의 목소리가 높아졌다.

그건 더욱 뜻밖이었다.

해마다 이맘때면 꼭 집에 와서 한두 달 머물고 갔는데 그동
안 한 번도 자신의 성취를 드러내거나 다른 오빠들과 비무도
하지 않았다. 그런 사람이 누굴 가르친다는 것은 쉽게 납득이
가지 않았다.

"해가 서쪽에서 뜰 일이네. 아마… 네 자질이 탐난 모양인
가 봐."

하수린이 조금은 이해가 된다는 표정으로 말했다.

시력을 잃고 눈마저 감고 있지만 자신의 내부를 훤히 투시하고 있는 느낌을 주는 이한성이었다. 그리고 같이 후원을 산책을 할 때도 보통 사람들에 비해 조금도 어색하지 않은 움직임을 보여주었다. 그런 감각이라면 무공을 배우는 셋째 오빠 하정욱이 관심을 가질 만하다는 생각이 들었다.

"어쨌든 바람직한 일이야. 명문대파에서 제대로 배운 사람이니 많은 보탬이 될 거야."

하수린은 밝은 표정으로 고개를 끄덕였다.

이한성이 무공을 배운다면 여러 모로 도움이 될 것이라는 생각이 들었다.

무공이라면 무자도 모르지만 무공을 익힌 사람들의 육체적 능력은 보통 사람들에 비해 월등하다는 것은 알고 있다.

이한성도 무공을 익혀 육체적 능력이 상승된다면 눈이 안 보이는 약점을 극복하는 데 큰 힘이 될 것이다.

"기본적인 것은 오빠에게 배우고 그 후에도 더 배우고 싶으면 아빠에게 부탁해. 이곳에서는 아빠가 제일 고수니까."

하수린이 자부심이 깃든 음성으로 말했다.

"그렇게 하지."

이한성은 묵묵히 고개를 끄덕였다.

국주 하유걸은 고수였다. 총표두 정가진보다도 두어 수는 더 높다고 들었다. 그러나 하유걸보다 한조산이 몇 배는 더 강한 고수라는 것은 꿈에도 생각 못할 것이다.

무슨 이유 때문에 이곳에서 정체를 숨기고 하인 노릇이나 하고 있는지 모르겠지만 그는 하유걸이나 총표두 같은 고수들이 낌새조차 채지 못할 정도로 무시무시한 고수라고 할 수 있었다.

앞으로 자신의 성취가 어떨지는 알 수가 없다.

사흘 동안 대숲에서 경험한 것을 미루어 짐작한다면 절대로 느리지는 않을 것이라 생각했다.

천호연이 위험천만하다고 말한 아랫배에 웅크린 기운!

지금의 그것은 위험하기보다는 오히려 엄청난 속도로 자신을 북돋워주고 있었다.

무공에는 문외한이었지만 본능적으로 그걸 느낄 수 있었다.

아랫배로 흘러 들어간 숨결은 마치 딴 세상을 통과한 것처럼 맑고 깨끗해졌고, 입을 통해 들어올 때와는 비교도 안 될 정도로 웅혼한 기운과 함께 온몸을 휘돌았다.

물론, 아직까지는 원하는 대로 이끌어지지 않고 애를 먹이고 있지만 처음에 비하면 갓난아이와 어른의 걸음걸이처럼 확실한 움직임을 보이고 있었다.

그것들이 모이고 또 모여 실개천이 되고, 개울이 되고, 강이 되고, 또 그 강이 대하(大河)로 변할 때면 한조산의 호흡과 버금갈 수도 있을 것이란 기대를 하고 있었다.

그 정도가 되면 아랫배에 웅크린 기운을 완벽히 통제하며 밖으로 토해내든지 아니면 완전히 자기 것으로 녹여 하수린의 절맥을 치료하고 자신의 시력도 되찾을 수 있을 것이다.

이한성은 가만히 자신의 아랫배를 관조했다.

여전히 끝을 알 수 없는 시커먼 동혈처럼 느껴졌다.

그 동혈의 끝을 볼 수 있을 때면 자신의 의도대로 그 기운을 움직일 수 있을 것이다.

육 년!

'그 기간 안에 해낼 수 있을까?'

그것이 최대의 난관이었다.

서두르지 않고 물이 흘러가듯 순리대로 풀어 나간다면 못할 것도 없었다.

처음이 힘들어서 그렇지 막히면 돌아 나가고, 힘들면 쉬어 가며 평생을 노력한다면 언젠가는 가능할 것이다.

한조산의 호흡을 읽었고, 수많은 대나무 가지 사이로 흩어져 흐르다가 허공에서 거대한 강물처럼 하나로 합쳐져서 유유히 흐르는 바람을 보고 깨달음을 얻은 이상 언젠가는 뚫을 수 있을 것이다.

하지만 육 년 안에 그것을 해내야 한다는 사실은 마음을 조급하게 만들었다.

급히 먹는 밥은 체하게 마련이다.

무공수련 역시 마찬가지일 것이다.

마음을 급하게 먹고 서두르다 보면 급히 먹는 밥처럼 체할 것이 분명했다.

그러나 처한 상황은 급히 먹을 수밖에 없다.

그것이 가슴에 납덩이를 얹어놓은 것처럼 답답하게 했다.

문득 약초를 캐며 마주치던 깎아지른 절벽이 떠올랐다.

도저히 불가능할 것 같던 그 절벽도 한꺼번에 다 오르거나 내리려고 하면 엄청난 부담감에 시도해 보기도 전에 몸이 먼저 굳어 주저앉게 된다.

처음은 당면한 한 걸음만 생각한다.

그렇게 한 걸음 옮기고 나서 다음 발 디딜 곳을 찾고, 또 다른 틈을 찾아 손가락을 끼운다.

그렇게 한 걸음씩 나아가다 보면 어느새 원하는 약초가 있는 곳까지 다다르게 된다.

'우선은 한 걸음부터.'

이한성은 길게 한숨을 내쉬었다.

第十六章

마보수련(馬步修練)

"내가 어제 마보(馬步) 수련이라고 한 것은 알기 쉽게 말해서 기마자세 수련이다. 정확한 용어로는 참장(站樁)이라고 하는데, 이 자세는 기를 느끼는 데 있어 가장 기초적이면서도 가장 효과적인 자세다."

대밭에서 이한성과 마주한 하정욱은 마치 노고수라도 된 듯 한껏 무게를 준 음성으로 설명을 해 나갔다.

아침을 먹자마자 이한성의 숙소를 찾은 하정욱은 자신이 더 서두르며 이한성에게 무공의 기초를 가르쳐 주려 했다.

하정욱은 이한성의 방에서 바로 수련을 하자고 했지만 이한성이 대밭에서의 수련을 원해 이곳으로 왔다.

조금도 서두르지 않고 유유자적 대숲 사이로 지나가는 바람은 매순간 자신의 호흡을 되돌아볼 수 있게 해줄 것이다. 그럼으로 인해 혹여 흐트러지거나 조급하게 되는 호흡을 가다듬을 수 있었다.

또한 대숲은 아무도 오지 않는 곳이기에 아무런 방해도 받지 않아 더욱 좋았다. 유일하게 한조산은 이한성이 이곳에서 어이없는 짓을 하고 있다는 것을 알고 신경을 곤두세우겠지만 지금은 어디론가 일을 떠났는지 보이지 않으니 상관없었다.

그런 이한성의 요구에 하정욱은 처음에는 약간 의아한 표정을 지었지만 자연 속에서 하는 수련이 오히려 좋을 수도 있다며 찬성하여 대숲에서 수련을 하게 된 것이다.

"그러나 이 참장의 수련은 대단히 고되기도 해서 처음에는 반각을 버티는 것도 죽을 정도로 힘이 들 것이다. 대신, 참장 수련은 기를 쓰고 버티기만 해도 그 고통을 참는 과정에서 자연스럽게 잡념이 사라지고 흐트러진 호흡 역시 불식간에 고르고 길게 행해지지. 또한 기공 수련에서 어려운 점은 의(意)로써 기(氣)를 유도하여 단전, 척추, 대뇌로 순환시키는 것인데 이렇게 하려면 아랫배를 내밀어 팽창시키고 발가락이 땅에 뿌리박게 하고, 항문을 조절하는 등 여러 가지 어려운 동작을 억지로 해야 하지. 그러나 억지로 그것들을 행하지 않아도 자세 그 자체로서 그 모든 것이 자연스럽고 효율적으로 이루어지게 하는 자세가 바로 참장이다."

참장의 가장 기본적인 설명을 마친 하정욱은 가만히 서서 자신의 이야기를 경청하고 있는 이한성의 표정을 유심히 살폈다.

하정욱이 방금 이한성에게 들려준 설명은 그가 사문에 입문했을 때 사형들로부터 귀에 못이 박히게 들었던 내용들이었다. 그때는 열 살도 안 된 어린 나이이기도 했고 무공에 대한 지식도 전혀 없어 도저히 이해가 되지 않았다. 그래서 이한성 역시 그런 어려움이 있을 것으로 짐작하고 표정을 살핀 것이다.

"무슨 말인지 알겠냐?"

하정욱은 이한성에게 물었다.

이한성은 잠시 대답을 미루다가 입을 열었다.

"의로써 기를 이룬다는 말은 무슨 뜻입니까?"

지금 이한성은 생각으로 호흡을 이끄는 수련에 집착하고, 또 그것이 마음먹은 대로 되지 않아 애를 먹고 있었기에 물었다.

"역시 그 부분이 제일 어렵지. 말은 쉽지만 말처럼 쉽게 안 되는 것이기도 하고……. 그래서 그것만 되어도 팔부능선을 넘은 것이나 마찬가지야."

하정욱은 크게 고개를 끄덕였다.

사문에 입문하고 처음 수련을 할 때 자신 역시 그 부분이 이해되지 않았고, 아무리 수련해도 성취가 없어 일 년은 고생을 했다.

그러던 어느 순간 아랫배에 따뜻한 무언가가 느껴졌다.

뛸 듯이 기뻐하며 사형들에게 자랑을 했으니 사형들은 이제 겨우 첫발을 떼어놓았다고 하며 그리 대수롭게 생각하지 않았다.

숙소로 돌아온 하정욱은 여전히 희열에 휩싸여 단전에서 느껴지는 기운을 의념대로 이끌려고 했지만 제대로 되지 않았다.

그것을 의념을 따라 마음대로 흐르게 하는 데 또 반년이 더 걸렸다.

그 수련이 되고 나자 축기가 되고 조금씩 내공이 쌓이며 지금에 이른 것이다.

"생각이 일면 기운이 인다고 하지. 또한 생각이 머무는 곳에 기가 모인다고도 하고……. 그래서 의념을 인간의 몸에서 기가 가장 잘 모이는 기해혈, 즉 단전에 집중하다 보면 어느 순간 그곳에서 무언가 느껴지는 게 있어. 처음에는 따뜻한 온기같이 느껴지는데 차츰 지나고 보면 그것은 마치 자석의 인력이나 척력 같은 힘으로 느껴지지. 그것을 마음대로 이끌고, 더 나아가 외부로 뿌리는 수준이 되면 장력이나 검기도 뿌릴 수가 있는 것이지. 물론 그것은 절정에 이른 고수들이나 가능한 얘기지만……."

한숨을 한 번 내쉰 하정욱은 설명을 이었다.

"그 힘은 의식과 밀접한 관계를 가지고 있어서 의식에 따라 일어나고 소멸되지. 물론 주화입마 같은 사고를 당하면 의식과는 동떨어져서 폭주하기도 하지만……. 그렇게 폭주할 정도로 내력이 쌓이려면 사람에 따라서는 십 년도 넘게 걸리니 우선은 기를 느끼는 것이 당면과제야. 그런 다음 이끌고 축적시켜야지."

"그 기라는 것이 숨결과는 어떤 관계가 있는지요?"

이한성이 다시 질문을 던졌다.

이제껏 자신은 호흡이라는 것에만 집중해 왔다. 그러나 하정욱의 설명에서는 호흡과 더불어 '기'라는 단어가 같이 나왔다.

"핵심을 찌르는군. 역시 좋은 제자야. 이래서 내가 자진해서 가르치고 싶었다니까."

하정욱은 빙긋 미소를 지으며 너스레를 떨었다.

"네가 말한 숨결, 즉 호흡은 기를 축적하는 요소지. 쉽게 말해 원료라고나 할까. 인간은 태어날 때부터 부모로부터 선천지기라는 것을 받아 생명을 이루지. 하지만 그 이상의 기를 몸에 쌓으려면 몸 밖에 가득한 기, 즉 대기로부터 얻는 것이야. 호흡을 통해 몸속으로 대기를 빨아들이고 대기 속의 기를 아랫배에 축적시키는 것을 축기라 하지. 그것은 내공을 쌓는 것이라고도 하는데, 그 축적된 내공의 수준이 무공의 수준과 비례한다고 보면 돼. 때로는 무술은 전혀 모르면서 내공만 강한 경우도 있지만 힘이 장사인 사람은 싸우는 기술을 못 익혔다고 해도 결국은 고수가 되듯, 내공이 엄청나게 쌓이면 고수가 될 수밖에 없겠지? 그래서 무인들은 우선적으로 내공을 쌓으려고 죽도록 노력을 하지. 하지만 그것 역시 스스로 기를 느낀 후 그것을 마음대로 이끌 수 있은 연후에야 가능하지. 지금은 잘 이해가 되지 않는 부분도 많겠지만 스스로 기를 느낀 후에는 모든 것이 이해가 되고 자신만의 깨달음도 생길 거야."

한참을 설명하던 하정욱은 입맛을 다셨다.

"목이 마르군. 물 한 잔 마시고 계속 하자."

하정욱이 저만치 놓아둔 수통을 향해 걸어가는 사이 이한성은 하정욱의 설명을 머릿속에서 몇 번이고 되뇌었다.

호흡을 이끈다는 것은 충분히 보고 느끼고 있었지만 대기에서 무언가를 끌어내어 단전에 축적한다는 것은 새로운 배움이었다.

어쩌면 그것은 며칠간의 대나무 숲 수련에서 어렴풋이 느끼고 있던 것이기도 했다.

대하처럼 도도한 한조산의 호흡은 당장은 절대로 따라할 수 없다. 그러다간 숨이 막히거나 허파가 터져 죽을 것 같았다.

당장은 대나무 이파리 사이로 흘러가는 바람처럼 부드럽

고 자연스럽게 하다가 그것들이 모이면 언젠가는 한조산처럼 숨 쉴 수 있지 않을까 짐작하고 있었다.

막연히 그렇게 생각을 하고 있었는데 하정욱의 설명을 들으니 좀 더 확연해졌다.

하정욱은 호흡을 넘어 '기'라는 단어로 설명했고 그것을 축적하여 단전에 내공을 형성한다고 했다.

이제껏 호흡만 신경 쓰며 그것을 의식적으로 이끌려고 했다. 그리고 미세하게나마 되는 것도 같았다.

그런데 호흡을 통해 기라는 것을 느끼고 그것을 원하는 대로 이끌어 축기를 하고 내공을 쌓는다고 했다. 그리고 그 내공을 많이 쌓은 무림인일수록 고수라고도 했다.

그렇다면 자신이 지금껏 바람이라고 생각한 하얀 색깔의 흐름은 기라는 말이다. 그리고 그것을 축적하면 내공을 이룰 수 있다는 말이다.

결론적으로 호흡은 축기를 하는 필요불가결한 방법이지 그 자체가 목적은 아니었다.

이한성은 비로소 호흡과 의식, 그리고 기에 대해 조금이나마 이해가 되는 것 같았다.

호흡과 의식을 일치시켜 기를 느끼고 그것을 축적하여 단전에 내공을 만든다.

그리고 그 축적된 내공의 정도에 따라 무공의 강약이 정해진다.

그렇다면 자신의 아랫배에 암반처럼 웅크린 기운은?

그것은 자신이 축적한 것이 아니라 사고에 의해 축적된 것이다. 그리고 그 양은 천호연도 놀랄 만큼 엄청나다고 했다.

호흡을 배우고 한조산 같은 호흡을 익힌 후 그것을 뱉어내면 평범한 사람이 되어 시력도 되찾을 줄 알았다.

그러나 그건 자신이 내공이니 축기니 하는 것을 전혀 몰랐기 때문에 가진 순진한 생각이었다.

그것은 호흡을 통해 뱉어내지는 것도 아닐 것이고, 그만큼 쌓는 것도 엄청나게 힘들 것이다.

어쩌면 자신은 천고의 기연을 얻었다고 볼 수 있었다.

보물은 그것을 소유할 능력이 없는 사람에게는 오히려 목숨을 위협하는 화근덩어리가 된다.

지금은 자신의 단전에 웅크린 기운이 극도로 위험한 화근덩어리일 것이다.

하지만…….

기필코 그것을 복덩어리로 만들 것이다.

그것도 최대한 빨리!

이한성은 급해지려는 마음을 달래기 위해 긴 한숨을 내쉬었다.

"물맛 한번 좋군!"

하정욱은 들고 온 수통에서 물을 한 모금 마신 후 이한성에게로 내밀었다.

생각을 정리하는 데 온 신경을 빼앗기고 있던 이한성은 불식간에 손을 마주 내밀어 수통을 받았다.

"너?"

하정욱이 두 눈을 부릅뜨고 이한성을 바라보았다.

하정욱의 고함에 상념에서 깨어난 이한성은 자신의 실수를 깨닫고는 신형을 굳혔다.

눈은 보이지 않지만 열감으로 훤히 느껴지는 사람들의 움직임!

그것 때문에 마을에서도 여러 번 사람들을 놀라게 했다. 그래서 불식간에 반응하는 것을 줄이기 위해 많은 노력을 했고 이젠 거의 실수를 하지 않았는데 오늘은 너무 깊은 생각에 잠겼다가 실수를 한 것이다.

"너 내가 보이는 거냐?"

하정욱은 의구심 가득한 시선을 이한성의 눈에 고정시킨 채 물었다.

이한성의 눈은 조금의 틈도 없이 꼭 감겨 있었다.

"물통에서 나는 물소리를 들었습니다."

이한성이 얼른 변명을 했다.

"그게……."

하정욱은 조금도 납득이 가지 않는 표정으로 한참이나 이한성을 쳐다보았다.

아무리 감각이 뛰어나다고 하지만 물통을 던진 것도 아니고, 자신이 마시고 난 후 조금 앞으로 내민 정도였다. 그건 자신도 의식하지 못하고 한 행동이었다. 그 과정에서 물소리는 거의 나지 않았고, 났다 한들 숨소리보다 더 낮았다. 그런데도 그걸 들었단 말인가?

하정욱은 이한성의 눈을 계속 쳐다보았지만 처음 봤을 때부터 지금까지 한 번도 뜬 적이 없었다.

"그 정도란 말이지? 정말 놀랄 수준이군."

마침내 하정욱은 고개를 절레절레 흔들며 감탄사를 토했다.

어제 처음 보았을 때가 생각났다.

대숲으로 가다가 자신이 건물 모퉁이에서 조금 더 몸을 내밀자 우뚝 선 후 신형을 돌려 자신의 처소로 되돌아갔다.

그때는 설마 했었다.

자신이 지켜보아서 그런 것이라면 그 감각이 괴물 수준이라는 생각을 했다.

그런데 지금 보니 어제 신형을 돌린 이유가 자신의 존재를 눈치챘기 때문이 분명했다.

'이걸 믿어야 하나 말아야 하나.'

하정욱은 다시 한 번 고개를 흔든 후 입을 열었다.

"그런 감각이라면 눈이 없어도 무공을 익히는 데는 전혀 불편함이 없겠어. 아니, 어쩌면 보통 사람들보다 훨씬 더 유리할지도 몰라."

하정욱은 고개를 끄덕인 후 이한성의 어깨를 두드렸다.

"좋아. 그럼 다시 시작하지. 아까 어디까지 했더라… 그렇지, 의식과 호흡에 관해서 설명했지. 다시 말해 기를 느끼고 의식에 따라 흐르게 하는 운기가 가능하면 호흡으로 대기에 있는 기운을 축적하고 내공을 쌓는 거야. 더 설명하려면 임맥, 독맥, 일주천에서부터 생사현관이니 오기조원, 삼화취정 등등… 한이 없지만 그건 차차 하기로 하고, 지금은 가장 기본적인 설명을 바탕으로 참장공 수련부터 하자고. 백문이 불여일견이니 말이야."

하정욱은 이제 각오하라는 듯 손을 탁탁 쳤다.

"기마자세라는 것은 알겠지?"

하정욱이 단도직입적으로 물었다.

이한성은 고개를 끄덕였다.

말을 타보지도 않았지만 이곳으로 와서는 매일 말을 탄 사람들의 모습을 관조할 수 있었다.

"그럼 어디 한번 취해봐. 틀린 부분은 내가 고쳐 줄 테니."

하정욱의 지시에 이한성은 엉거주춤 말을 탄 자세를 흉내내었다.

"아니지. 그게 아니지. 처음부터 다리를 너무 많이 구부리면 금방 주저앉게 돼. 처음에는 다리를 최소한으로 구부리고 해도 돼. 양손은 가슴 높이까지 천천히 들어 올려 수평으로 누워 있는 통나무를 밀듯이 하고… 그렇지, 그렇게. 그 다음으로 상체는 머리 뒤꼭지에서 꼬리뼈까지 척추를 수직으로 반듯하게 세우고……."

설명과 함께 하정욱은 이한성의 자세를 이곳저곳 교정해 주었다.

"됐어. 자세는 그만하면 됐고 이젠 혀는 입천장에 가볍게 붙이고, 이는 가볍게 다물며, 눈은 멀리 앞쪽을 무심하게 본다는 식으로 해서 의식은 하복부 단전에 두고 호흡은 자연스럽게 하되 가늘고, 고르고, 깊고, 길게 하도록 해."

하정욱은 마무리 설명을 하며 이한성을 주시했다.

이한성은 하정욱의 설명대로 자세를 취하며 천천히, 그리고 길게 호흡을 이끌어 나갔다.

"어디까지나 자연스럽게 해야 해. 절대로 억지로 하거나 무리하면 안 돼. 그러면 기혈이 뒤틀릴 수도 있으니까."

하정욱은 이한성의 자세를 한 군데 더 고쳐 주며 부작용을 경고했다.

그러나 이한성에게 있어 그 설명은 전혀 불필요한 것이었다.

무리하게 호흡을 끌어올리다가 숨이 막혀 죽을 뻔하기도 했고, 속이 뒤집히는 고통을 겪기도 했다. 무리한 호흡의 위험이 어떤지는 이미 충분히 깨달았다.

이한성은 대숲을 휘돌아 나가는 바람처럼 최대한 부드럽게, 최대한 길게 호흡하며 아랫배에 온 신경을 집중했다.

아련하던 것이 이젠 좀 더 선명해졌다.

지금까지는 아무것도 모른 채, 새로 얻은 눈에 보이는 대로 무작정 호흡을 이끌려고 기를 썼다. 그러나 하정욱의 설명을 듣고 기(氣)라는 것을 먼저 느낀 연후에 의념에 의한 운기를 해야 한다는 것을 알았다.

명문대파에서 축적된 오랜 경험과 성취들!

하정욱을 통해 기초적이나마 그것을 깨달았다. 이젠 그것을 바탕으로 정상적이고 체계적인 수련을 해 나가야 한다.

이한성은 기마자세를 취한 상태에서 의로써 기를 이끌어 단전—척추—대뇌로 이끈다는 하정욱의 말을 상기하며 아랫배에 온 신경을 집중시켰다.

옆에서 지켜보는 하정욱이 몇 마디 지시를 더 하였지만 이한성은 그 말조차 듣지 못하고 삼매에 빠져 들었다.


'뭐 이런 녀석이 다 있지?'

한 시진이 다 되어가는 시점에서 하정욱은 어이없는 심정이 되다 못해 이젠 놀란 가슴을 쓸어야 했다.

이한성에게 참장공 수련을 시킨 후 그 지속 시간이 길어야 한 식경이라 생각했다. 그 시간이 지나면 털썩 주저앉아 제발 좀 쉬었다 하자고 비명을 지를 것이라 짐작하고 있었다.

그런 짐작은 자신의 경험을 토대로 한 것이었다.

바로 위 사형에게서 수련을 받을 때 자신은 딱 한 식경 후

에 다리가 후들거려 더 이상 수련을 계속하지 못하고 주저앉
았다.

사형의 고함에 얼른 일어나 다시 자세를 잡았지만 이번에
는 그 반 정도의 시간도 버티지 못하고 무너졌다. 그리고는
제발 좀 쉬었다 하자고 비명을 질렀다.

사형은 피식 웃고 나서 그날의 수련은 작파했다.

나중에 안 일이지만 자신은 그래도 타고난 끈기로 인해 다
른 사람들보다 오래 견디었다고 들었다. 그래서 사형은 더 이
상 고집하지 않고 그날의 수련을 끝낸 것이다. 만약 그러지
못하고 채 반 식경도 되기 전에 주저앉고 말았다면 끈기 부족
과 심지 얕음을 이유로 하루 종일 모진 수련을 받았을 것이
다.

그런데?

이 녀석은 한 식경이 아니라 한 시진이 다 되어가는 마당에
도 미동도 않고 버티고 있다.

타고난 괴물이든지, 그렇지 않다면 엄청난 독종이라는 말
이다.

'이걸 믿어야 하나, 말아야 하나.'

하정욱은 고개를 절레절레 흔들며 입맛을 다셨다.

무릇 가르치는 사람으로서 배우는 사람에게 자신이 겪은
고초를 맛보게 해주는 것도 적잖게 재미있는 일이었다. 그런
데 이건 그런 재미는 하나 없고 놀랄 '노' 자만 읊고 있으니

기가 막힌 심정이 되었다.

'숨은 쉬고 있는 것인가?'

하정욱은 손을 들어 이한성의 코앞에 갖다대었다.

느껴질 듯 말 듯한, 일정한 숨결이 느껴졌다.

소름이 오싹 돋는 기분이 들었다.

지금 이한성의 숨결은 십 년 가까이 배운 자신에 버금갈 정도로 가늘고 길었다.

그것은 마치 대기의 흐름과 같았다.

수련이 지극해지면 그 호흡은 대기의 흐름과 같아진다.

대기의 기를 몸에 받아들여 축적시키려 정신을 집중하다 보면 어느 순간 자신도 잊은 채 대기의 흐름에 일치되고 만다.

이른바 혼연일체(渾然一體)!

지금 이한성은 극히 초보적인 수준이지만 그 경지를 향해 나아가고 있었다.

'대체… 이 녀석은 지금 곧바로 입신지경에라도 들 생각인가?'

하정욱은 머리가 혼란스럽고 다리가 아파 바닥에 퍼질러 앉았다.


이한성은 의로써 기를 이끌어 단전—척추—대뇌로 이끈다는 하정욱의 말을 화두처럼 물고 늘어지며 호흡과 정신을 일치시키고 단전에 온 신경을 집중했다.

사고를 당한 후 전화위복의 결과를 맞이하여 육체적으로는 한달음에 마을 뒷산 꼭대기까지 달려오를 수 있는 힘이 있었다. 그래서 참장공의 자세 역시 보통 사람들보다 열 배는 더 오래 취할 수 있어 오로지 호흡에만 집중하였다.

지금까지는 새로 얻은 눈으로 호흡을 본다는 식이었지만 하정욱의 가르침을 통해 그 눈은 닫아두고 의식으로 느끼는 데 주력했다.

처음에는 호흡과 정신을 일치시키다 보면 단전을 놓쳤고, 단전에 정신을 집중하다 보면 호흡을 놓쳤다.

그것들이 제각기 놀기를 얼마나 했을까?

어느 순간부터 자신이 호흡을 하는 것이 아니라 호흡이 단전으로 드나드는 듯한 느낌이 들었다.

분명히 코로 숨을 쉬었지만 단전으로 호흡하고 있다는 느낌이 들었다. 그렇게 되자 따로 놀기 시작하던 의념과 호흡이 일치되고 그것들이 단전에 집중되었다.

그때부터 이한성은 자신을 잊어갔다.

반 시진이 넘어가자 서서히 다리를 압박해 오던 무게도 잊어버리고, 앞으로 내민 팔에 전해지던 통증도 잊었다. 오로지 단전으로 드나드는 호흡만이 온 세상에 가득했다.

우우웅—

한 시진을 한참 넘긴 어느 순간 이한성은 의식을 집중한 단전에서 착각처럼 온기 한 가닥을 느꼈다.

그런 기운은 올해 이른 봄에 한 번 경험했다.

그때 정수리가 스멀거리며 그곳으로 뱀이 한 마리 기어 들어오는 느낌과 함께 미친 듯이 발광하다 동네 앞을 흐르는 개천에 뛰어들었다.

얼어 죽을 듯한 한기에 이가 딱딱 부딪치는 지경에 이르자 갑자기 아랫배에서 후끈한 기운이 역류했다. 그리고는 온통 개울물에 젖은 옷이 금방 말라 버렸다.

그때는 온몸으로 경험했던 열기가 지금은 단전에서 느껴지고 있었다.

그때처럼 강하고 두터운 느낌은 아니었지만 분명 한 가닥 열기가 느껴졌다.

하정욱의 설명대로라면 이것이 기라는 것이 분명했다.

이한성은 계속해서 단전에 의식을 집중했다.

착각이 아니었다.

처음에는 미열처럼 느껴지던 기운은 점점 더 확연해지고 온기를 더해갔다.

기를 느낀 것은 확실했다.

그렇다면 이제 의로써 기를 이끌어 그것을 단전—척추—대뇌에 이르는 수련을 해야 했다.

그런 생각과 함께 천천히 의식을 단전에서 척추로 끌어올렸다.

한 줄기 온기가 서서히 단전을 타고 올라왔다.

그것 역시 이미 경험한 적이 있었다.

한조산의 호흡을 따라하며 어느 순간 그것을 끌어올리려는 생각을 하는 순간 숨이 컥 막히며 저승 문턱까지 갔다 왔다.

그때는 그렇게 하는 것이 무엇인지도 모른 채 행하다 죽을 고생을 했다. 그러나 지금은 그것이 운기라는 것을 알고 의념에 따라 이끌고 있었다.

이한성은 의식을 더욱 집중했다.

열감 한 줄기가 단전에서 척추를 따라 올라오고 있었다.

그것은 전혀 색다른 느낌이었다.

때로는 착각 같았고 때로는 딴 세상으로 빨려든 것 같았다.

이한성은 척추 어림에서 느껴지는 그 기운을 더욱 위로 끌어올렸다.

우우웅─

척추를 따라 올라오던 기운이 목 언저리에 이른다는 느낌이 드는 순간 어디로 흩어져 버렸는지 더 이상 아무것도 느껴지지 않았다.

그러면서 지금까지의 느낌이 모두 착각인 듯 공허했다.

이한성은 다시 똑같은 시도를 몇 번 반복했다.

여전히 마찬가지였다.

끝까지 흘러가기에는 아직은 물의 양이 부족한 모양이었다.

하지만 오늘의 수련은 이것으로도 충분하다는 생각이 들었다.

더 욕심을 부리다가는 화를 입을 수도 있었다.

"휴우—"

긴 한숨을 내쉰 이한성은 천천히 참장공의 자세를 풀었다.

먼저 하정욱의 모습이 느껴졌다.

이한성의 돌부처 같은 모습에 지쳐 바닥에 퍼질러 앉아 있던 하정욱은 대숲 바닥의 푹신함에 끌렸는지 아예 드러누워 잠이 들어 있었다.

이한성은 고소를 삼켰다.

처음 가르칠 때는 목소리에 잔뜩 힘을 주고 온갖 무게를 다 잡더니 수련하는 사람보다 먼저 지쳐 버린 셈이다.

무공을 익힌 사람들의 호방한 성격이 그대로 느껴지는 모습이었다.

이한성은 잠시 굳었던 몸을 푼 뒤 하정욱에게로 다가갔다.

대나무 잎을 밟는 소리에 하정욱이 눈을 떴다.

"어! 너 언제 수련을 끝냈어?"

하정욱은 자신이 잠든 모습을 감추려고 기척없이 슬며시 몸을 일으키며 물었다.

"조금 전에 끝냈습니다."

"조금 전이라면… 그게 얼마나 되었지. 내가 깜박… 딴 생각을 하느라고 시간의 추이를 잊어버렸어."

하정욱은 고개를 두리번거리며 해를 쳐다보려 했지만 밀림처럼 빽빽한 대숲에서 해가 보일 리 만무했다.

자신이 얼마나 잠이 들었는지 모르겠지만 그 시간까지 합친다면 이한성의 참장공 수련은 한 시진하고도 반을 넘었다고 봐야 했다. 그렇다면 그 성과 역시 대단할 것이 자명했다.

하정욱은 침을 꿀꺽 삼킨 다음 입을 열었다.

"그래! 기는 느낀 것이냐?"

하정욱은 이한성의 얼굴을 뚫어져라 쳐다보았다.

눈을 뜨고 있다면 눈빛을 보고 생각을 짐작할 수도 있겠지만 그러지 못하니 얼굴을 보고 조금이라도 성취를 감지하려 하였다.

"확실히는 모르겠지만 아랫배에서 온기 한 줄기를 느꼈습니다. 그래서 그것을 척추를 통해 대뇌까지 이끌려고 했지만 뒷목 어림까지는 타고 오르다 바람에 흩어지듯 사라져 버렸습니다."

이한성은 참장공 수련 중에 자신이 느낀 바를 그대로 설명했다.

"기를 느끼고, 그것을 끌어올리다 뒷목 어림에서 사라졌다고?"

하정욱은 고함을 치듯 물었다.

기를 느꼈냐고 물었지만 속으로는 조금도 기대를 하지 않았다.

자신의 경험상으로 미루어 본다면 일 년은 걸릴 것이고, 이한성은 특별한 데가 많으니 몇 배로 빨리 성취를 이룬다 하더라도 몇 달은 걸릴 것이라 생각했다.

그런데 단 하루 만에 기를 느끼고 뒷목까지 끌어올렸다면?

이건 무림기서에서나 나올법한 일이다.

"이젠 놀랄 기력도 없다."

하정욱은 허탈한 음성으로 말하고는 바닥에 깔았던 면포를 말아들었다. 그리고는 두려움이 이는 눈으로 이한성을 쳐다보았다.

이렇게 진도가 빨라도 되는 것인가 하는 우려가 생긴 것이다.

마공(魔功)이나 사공(邪功)은 수련 속도가 정종무공에 비해 엄청나게 빠르다. 그리고 그 효력 역시 마찬가지다.

하지만 그런 것들은 시간이 갈수록 그 한계를 드러내고 나중에는 심각한 부작용이 뒤따른다.

그것이 심하면 주화입마에 빠지기도 하고 마성에 접어들어 마인이 되기도 한다.

지금 이한성의 성취 속도는 마공이나 사공을 오히려 능가하고 있었다.

"오늘 수련은 그만하도록 하자. 과유불급이란 말이 있듯이 지나치면 모자람만 못하니까."

하정욱은 우려감이 가시지 않은 표정과 함께 이한성의 이마에 흐른 한줄기 땀을 닦아준 뒤 대숲 밖을 향해 걸음을 옮겼다.

　이한성 역시 그럴 작정이었기에 고개를 끄덕이며 하정욱의 뒤를 따랐다.

第十七章

역습(逆襲)

"어서 오시게."

밤이 깊어 새벽으로 치닫는 시간, 은하표국의 국주 하유걸은 실내에서 한 사내와 대면하고 있었다.

사내는 삼십 초반 정도의 나이에 짙은 야행의 차림이었다.

몸은 군살 하나 없이 단련되어 있었으며 칼날같이 날카로운 눈매는 흡사 매의 눈을 보는 것 같았다.

가만히 앉아 있어도 사내의 몸에서는 예리한 기운이 주변으로 자욱하게 퍼져 나갔다.

그 모습은 어떤 조직에서 비밀리에 활동하는 사람들 같은 느낌을 주었다.

"그래, 알아본 일은 어떻게 되었나?"

하유걸은 다소 무거운 표정으로 물었다.

하유걸의 물음에 사내는 잠시 뜸을 들이다 입을 열었다.

"아무래도 암표일 가능성이 높습니다."

사내가 신중한 음성으로 답했다.

사내의 이름은 강지한(姜祉漢)으로 이곳 하오문 지부의 지부장이었다.

그는 국주 하유걸의 의뢰에 따라 요 며칠 황가장주 황염동의 행적에 관해 은밀히 조사를 하였다.

알다시피 황염동은 얼마 전 하유걸의 장남 하정현이 표행을 마치고 돌아오는 길에 이상한 조건이 붙은 표물 운송을 의뢰하였다.

평소 가문의 옛 영광을 재현하겠다는 생각이 간절했던 하정현은 그 의뢰를 덥석 수락했지만 황염동의 사람됨을 경계하고 있던 하유걸은 그것이 절대 정상적인 표물이 아니라는 것을 간파했다. 그래서 그 표행은 자신이 직접 수행하겠다고 못을 박은 뒤 비밀리에 황염동의 최근 행적에 관해 조사를 지시한 것이다.

황염동의 입지적인 성공담은 한창 혈기 왕성한 젊은이들에게는 부러움의 대상이었지만 동전의 양면처럼 그 뒷면에는 깊은 음영이 드리우고 있는 법이다.

하유걸은 그것을 간과하지 않았다.

"왜 그렇게 생각하나?"

하유걸은 잠시 마음을 가라앉힌 후 다시 질문을 던졌다.

"최근 황염동은 다른 사업에 은밀히 손을 대고 있습니다."

"그것이 어떤 것인가?"

"표면적으로는 전혀 문제가 없는 합법적인 사업들 같지만 그 주변을 면밀히 살펴본 결과 합법적인 것보다는 오히려 불법적인 것들이 훨씬 많았습니다. 그리고 이건 어디까지나 제 추측입니다만… 최근에 아주 은밀하게 앵속과 화기(火器)의 운반에 관여하고 있는 듯합니다."

강지한은 목소리를 잔뜩 낮추어 답했다.

"앵속과 화기?"

하유걸의 목소리가 불식간에 높아졌다.

"쉿! 목소리가 크십니다."

강지한이 얼른 손가락을 입에 가져다 댔다.

하유걸은 움찔 놀라며 주변을 살폈다. 다행히 주변에는 아무런 인기척이 없었다.

"앵속과 화기라면 나라에서도 철저하게 금지시키는 물품들이 아닌가?"

"이르다 뿐이겠습니까. 만약 발각되기라도 한다면 당사자 자신은 물론이고 가문에까지 큰 화를 입히게 됩니다."

강지한은 더욱 목소리를 낮추며 긴장된 표정을 지었다.

발각되어 일문이 참화를 면치 못하는 것 외에도 앵속과 화기의 동시 등장은 큰 폭풍을 예고하는 것이다.

앵속이라는 것은 그 중독성을 이용하여 단시간에 큰돈을 끌어 모을 때 가장 많이 이용되는 품목이었다. 그리고 화기는 말할 것도 없이 전쟁이나 큰 싸움에 필요한 것이다. 그리고 그 두 가지는 서로 밀접한 연관을 가지고 있다.

만약 그것들이 따로 나타나서 유통된다면 위험성이 훨씬 줄어들겠지만 동시에 나타난다면 그 위험성은 배가 된다.

어떤 단체가 앵속으로 단시간에 큰 자금을 끌어 모으고, 화기마저 갖춘다면?

그것은 큰 싸움을 위한 준비라고 볼 수 있었다.

어쩌면 누군가 전쟁을 준비하고 있을지도 몰랐다.

"대체 누가 그것들을 필요로 한단 말인가?"

너무나 중대한 사안이기에 하유걸은 침음성과 함께 물었다.

"그것에 대해서는 우리 하오문의 능력으로는 알아낼 수가 없었습니다. 아주 큰 세력들이 관련되어 여러 곳에서 따로따로 움직이고 있으니까요. 어쨌든 황염동 그자는 그들 세력과 밀접한 연관을 가지고 그 두 가지 물품을 대규모로 취급하고 있는 것 같습니다."

강지한은 여전히 조심스런 음성으로 답했다.

"자네는 어떻게 그걸 알아냈나? 물품의 위험성으로 보아 절대로 허술하게 다루지 않았을 텐데."

하유걸은 강지한이 차라리 잘못 알았기를 바라는 마음으로 물었다.

"우리 아이들 중에 솜씨가 뛰어난 배수(扒手:소매치기)들이 있습니다. 그놈들이 황염동의 심복 중 조성치(趙性値)란 놈의 품을 훑었습니다."

강지한은 슬쩍 입맛을 다셨다.

대쪽같이 곧은 하유걸의 성품을 잘 알기에 정보를 캐내기 위해 소매치기 짓을 했다는 사실이 겸연쩍은 것이다.

"그런데?"

사안이 워낙 중요하여 그런 것을 따질 겨를이 없는 하유걸은 강지한의 말을 재촉했다.

"그런데 그놈의 품에서 나온 것이 물품 목록이었습니다. 물론, 딴에는 자신만 알 수 있게 암어(暗語)로 적어 놓았지만 전문가 수준도 아닌 그런 간단한 것은 한 식경이면 풀 수 있지요."

강지한은 자신의 조사가 틀림없다는 것을 강조하듯 말끝에 힘을 주었다.

하유걸은 한동안 굳은 표정으로 탁자만 응시했다.

강지한의 일처리가 빈틈없었고, 그동안 맡긴 일에 단 한 번도 실패한 적이 없다는 것을 감안하면 이번 정보 역시 사실임이 분명했다.

그렇다면 장남 하정현은 가문을 어서 예전 수준으로 일으켜 세우겠다는 욕심에 호랑이 꼬리를 잡은 격이었다.

언젠가 한 번쯤은 하정현에게 과욕을 버리라고 따끔한 충고를 할 생각이었는데 하정현은 한 발 앞서 실수를 범한 것이다.

"의뢰를 취소시킬 수밖에 없겠군."

하유걸은 납덩이처럼 무거운 음성으로 말했다.

한번 맡았던 표행 의뢰를 표국 사정으로 철회를 시킨다면 계약금의 몇 배에 해당하는 위약금을 물어야 한다. 하지만 그런 것은 큰 문제가 아니다. 그렇게 하면 그 표국의 신용에 큰 흠집을 남기게 된다.

이제껏 은하표국은 표행 중에 천재지변을 만나 표행 실패를 한 경우는 몇 번 있었지만 표행을 시작하기도 전에 취소를 한 경우는 단 한 번도 없었다.

그러나 이번 경우는 재산의 반을 잃더라도 취소를 해야 하는 일이었다. 또한 그 취소에 있어 누가 보아도 완벽한 이유를 만들어야 한다. 만약 조금이라도 어설펐다가는 놈들은 낌새를 챌 것이고 어떤 횡액을 맞을지 몰랐다.

앵속과 화기를 유통시키는 놈들이라면 결코 시정잡배들이 아니다. 그들은 엄청난 힘과 재력을 갖춘 자들이 분명하다. 하오문 지부장 강지한이 조사를 했지만 정체를 짐작조차 못할 정도이니 그들의 정체는 예상보다 훨씬 엄청날 것이다.

그런 자들이 관련된 표물이니 잘못되면 멸문지화를 입을

지도 몰랐다. 아무리 큰 희생을 치르더라도 사전에 취소해야 한다.

"신중하셔야 합니다. 물품 목록을 잃어버린 놈들이 지금쯤 두 눈을 시퍼렇게 뜨고 사방을 주시하고 있을 겁니다."

강지한도 긴장감 어린 표정으로 무겁게 말했다.

아직까지는 조성치라는 놈이 누가 자신의 품에서 물품 목록을 훑어갔는지 알아내지 못하겠지만 하유걸이 석연찮게 의뢰받은 표행을 철회하면 의심을 하게 되고 연결고리를 찾을 수도 있었다.

황염동 본인은 그럴 능력이 없다고 하더라도 황염동을 통해 앵속과 화기를 밀매하는 자들이라면 충분히 그럴 능력이 있었다.

"그건 걱정 말게. 까딱 실수했다가는 우리 가문이 횡액을 당한다는 것쯤이야 충분히 짐작하고 있으니까 말일세."

하유걸은 무겁게 고개를 끄덕였다.

"그럼 전 이만 가보겠습니다."

하오문 제남지부장 강지한은 하유걸을 향해 깊이 읍을 한 후 신형을 일으켰다.

"조심해서 가게. 앵속과 화기를 취급하는 놈들이라면 뒷배경이 만만치 않을 테니."

"명심하겠습니다. 그럼!"

강지한은 바람처럼 실내를 벗어났다.

강지한이 떠난 후 하유걸은 깊은 시름에 잠겼다.

황염동이란 위인에 대해서는 자신도 이미 알고 있었고, 그 위인이 하는 짓이 무언가 마음에 들지 않은 차에 장남 정현이 그로부터 조건부 의뢰를 맡아왔다.

그냥 쌀자루 몇 개만 운반해 달라고 해도 그 물주가 황염동이라면 신경이 쓰일 터인데 그 표행에 석연찮은 조건이 붙었으니 부쩍 의구심이 일었다. 결국 자신과 오랜 친분이 있던 강지산에게 황염동의 주변을 조사했는데 결과는 예상을 훨씬 뛰어넘었다.

황염동은 밀매에 가담하고 있었다. 그리고 그 품목은 나라에서도 철저히 금기시키는 것들이었다.

비록 장남 하정현이 맡은 이번 의뢰가 화기나 앵속의 운반이 아니더라도 분명히 그것과 관련이 있을 것이다.

'대체 어떤 놈들일까?'

하유걸은 앵속과 화기의 밀매를 뒤에서 조종하고 있는 인간들이 누구인지 지금으로서는 짐작도 가지 않았다.

황염동 같은 사람들까지 이용하여 대규모로 운송하는 정도라면 관부도 끼어 있을 것이다. 또한 그것들이 중도에 발각되거나, 그렇지 않고 무사히 목적지까지 가더라도 언젠가는 큰 혼란이 올 것이다.

그러나 그것은 차후의 일이고 지금은 그 혼란의 불씨가 은하표국에까지 뛰었다는 것이 문제였다.

조금도 미심쩍은 구석이 없는 이유를 달고 황염동의 표물 운송 의뢰를 철회하여야 한다. 황염동 같은 인간이라면 계약 위반에 관한 위약금을 철저히 물을 것이다.

그가 제시하는 위약금의 배를 주더라도 아무런 의심 없이 철회가 된다면 더없이 다행한 일이다.

'어리석은 놈!'

하유걸은 장남 하정현을 떠올리며 한숨을 내쉬었다.

가문을 일으키겠다는 생각은 가상하지만 길게 보지 못하고 눈앞의 이익만 성급하게 쫓다 보면 이런 함정에 빠지기 십상이다. 미리 알았기에 망정이지 아무것도 모르는 상태에서 눈 질끈 감고 앵속이나 화기를 운반하다가 관원들에게라도 발각되었다면 가문이 왕창 무너질 수도 있었다.

이번 일을 계기로 큰 교훈을 얻고 언제나 정도를 걷는 마음가짐을 가지도록 해야 할 것이다.

긴 한숨을 내쉰 하유걸은 촛불을 끄고 실내를 벗어났다.


'일이 예상보다 심각하게 돌아가는군.'

하유걸에게 조사한 바를 전해주고 빠른 걸음으로 지부로 돌아가는 강지한은 자신도 모르게 등줄기가 서늘해지는 기분을 느꼈다.

처음에는 별거 아니라고 생각하며 시작한 일이었는데 파

고들다 보니 엄청난 결과와 마주쳤다.

이런 정도의 일이라면 배후 역시 엄청나고 까닥 잘못하면 큰 소용돌이에 휩싸이게 된다.

하유걸이 사전에 위험을 감지하고 더 깊이 빠져들기 전에 손을 빼려 하니 천만다행이었다.

'그건 그렇고……'

강지한은 달을 쳐다보며 시간을 어림했다.

신중을 기하느라 새벽시간에 은하표국을 방문했으니 앞으로 두어 시진 후에는 해가 밝을 것이다.

그전에 어서 지부로 돌아가서 부하들을 철저히 단속해야 했다.

솜씨 좋은 배수들이라 황염동의 심복인 조성치의 품을 훑으며 꼬리를 잡히지 않았겠지만 만일의 사태에 대비해야 한다. 특히 이번처럼 배후가 위험스러울 때는 더욱 조심을 해야 한다.

'조금 더 빨리 가야겠다.'

강지한은 주변을 둘러본 후 내력을 끌어올리고는 경공을 펼쳤다.

휘익—

강지한의 신형이 어둠을 가르며 앞으로 쏘아져 나갔다.


"이런!"

한참 동안 빠르게 앞으로 치달려나가던 강지한은 뒤쪽에서 들려오는 미세한 소음에 침음을 흘렸다.

경공을 펼치는 순간부터 계속해서 들려오는 소음은 결코 바람 소리가 아니었다.

그것은 누군가 자신처럼 경공을 펼치는 소리였다.

그리고 그 소리는 점점 가까워졌다.

'꼬리가 붙었다.'

강지한은 등줄기로 얼음물이 쏟아지는 느낌이 들었다.

대체 누가 자신을 미행한단 말인가?

그리고 어디서부터 미행을 했단 말인가?

걸어올 때는 아무것도 느끼지 못했다.

그러나 자신이 경공을 펼치자 그자들도 피치 못하게 경공을 펼치며 낌새가 느껴진 것이다.

파앗―

강지한은 발끝에 한층 더 공력을 쏟아부으며 땅을 박찼다.

휘익―

강지한의 신형이 흡사 비조를 방불케 하며 밤하늘을 가로질러 갔다.

강호의 온갖 소식과 비밀을 취급하는 하오문의 지부장으로 가장 먼저 갖추어야 할 것은 바로 누군가의 추적을 피하고, 불가피하게 추적당했을 때는 그것을 떨치는 능력이었다.

그래서 다른 무공을 익히는 것에 비해 몇 배는 더 많은 시간과 노력을 쏟아부으며 경공과 은신술을 연마했다.

그 결과 경공을 펼치는 데에 있어서는 고수에 버금갔다.

그런데 뒤에서 따라오는 놈은?

가일층 내력을 쏟아부으며 경공을 펼치는데도 거리는 더 이상 멀어지지 않았다.

'조금만 더!'

강지한은 이를 악물었다.

조금만 더 가면 숲에 도달한다.

숲 속으로 파고들면 은신술을 펼쳐 놈들을 따돌릴 수가 있다.

다른 곳에서라면 몰라도 수풀이 우거진 산속에서라면 웬만한 고수는 한 수 접어주고도 따돌릴 수 있다.

저 앞으로 숲이 보였다.

강지한은 은신술을 펼칠 준비를 하며 한층 더 강하게 용천혈에 내력을 쏟아부었다.

'헛!'

마지막으로 땅을 박차려던 강지한은 숲 앞쪽에서 불쑥 솟아오른 물체를 보며 경호성을 삼켰다.

십 장 정도 앞의 땅속에서 불쑥 솟아오른 한 개의 물체!

그것은 흡사 유령 같았다.

갑자기 솟아올랐음에도 불구하고 아무런 기척도 없었다.

그리고 솟아오르자마자 자리를 잡고 선 모습은 마치 처음부터 그곳에 있었던 것처럼 자연스러웠다.

강지한은 급히 다리에 힘을 주고 앞으로 쏘아지는 신형을 멈추었다.

쉬이익—

뒤에서 쫓아오던 바람 소리도 급격히 가까워졌다.

뒤쪽에서 쫓아오는 자도 단 한 사람이었다.

그럼에도 불구하고 수십 명의 사람이 쫓아오는 것처럼 위압감이 느껴졌다.

앞을 막아 선 자 역시 큰 바위에 마주친 것 같은 압력이 전해져 왔다.

'고수!'

절로 그런 생각이 들었다.

단 두 사람이었지만 그들은 앞과 뒤에서 쇠로 만든 그물처럼 자신을 감싼 느낌이었다.

강지한은 안력을 높여 우선 앞을 막아선 자의 모습을 살폈다.

여전히 미동도 없이 서 있는 모습은 한 자루 칼을 세워놓은 것 같았다.

기도는 물론, 표정조차 파악이 되지 않았다.

놈이 숲이 시작되는 이곳에 기다리고 있었다는 것은 이미 강지한 자신의 정체를 알고 있다는 말이었다.

자신이 숲 속으로 스며들면 은신술을 펼치고 잡기 어려워진다는 것을 익히 알기에 그전에 막아선 것이다.

그렇다면 놈들은 하유걸이 조사를 맡긴 일과 관련이 있는 놈들이 분명했다.

놈들은 귀신같은 배수들의 솜씨를 파악하고 역추적을 하여 이곳까지 왔다는 말이다.

강지한은 소름이 쭉 끼치는 느낌이 들었다.

위험한 배후를 가진 놈들의 일에 개입되었다고 생각했는데 자신의 예상보다 수십 배는 더 위험스러운 놈들이었다.

그 짧은 순간 역추적을 하여 자신들의 꼬리를 찾아내고 자신에게까지 접근했다는 것은 귀신을 방불케 하는 실력이다.

챙!

강지한은 즉시 검을 뽑았다.

숲으로 스며들어 은신술을 펼칠 수 없으니 정면 돌파를 해서 뚫고 나가는 수밖에 없었다.

피식!

앞에 선 자가 처음으로 표정을 드러냈다.

달빛 아래에서 허옇게 드러나는 이가 칼날처럼 섬뜩한 느낌을 주었다.

"어딜 그렇게 급히 가시나?"

이를 드러낸 사내가 이죽거리며 질문을 던졌다.

"누구시오, 댁들은?"

강지한이 아랫배에 힘을 주며 되물었다.

"도둑놈 잡는 포졸이라 해두지."

이번에는 뒤에 선 사내가 답했다.

먼 거리를 경공을 펼쳐 왔음에도 불구하고 사내의 음성에서는 호흡 한 점 흐트러진 기색을 느낄 수 없었다.

"내가 도둑이란 말이오?"

강지한이 눈을 치뜨며 물었다.

"하오문 종자들이 도둑이 아니면 누가 도둑일까?"

사내의 대답에 강지한은 가슴이 무겁게 내려앉는 것을 느꼈다.

짐작대로 놈들은 자신의 정체를 정확히 알고 있었다. 그렇다면 이놈들은 앵속과 화기를 황가장을 통해 은밀히 운반하고 있는 놈들의 배후란 말이다.

극도로 위험할 것이라 생각했던 배후의 그림자들!

그들과 너무도 빨리 마주쳤다.

강지한은 은밀히 주변을 살폈다.

아무리 생각해도 이들과 대결해서는 승산이 없다. 아니, 자신 같은 사람 열 명이 더 온다 해도 이들 두 사람을 당할 수는 없을 것 같았다.

그렇다면 최선의 방법은 방심한 틈을 타서 숲으로 스며드는 것이다.

"그렇다면 어디 한번 잡아가 보시오."

강지한은 가슴을 앞으로 쭉 내밀며 목소리를 높였다.

피식!

사내가 다시 이를 드러내며 웃었다.

"네놈이 갔다 온 곳이 어디냐?"

사내가 단도직입적으로 물었다.

강지한은 무겁게 내려앉은 가슴이 조금이나마 가벼워지는 것을 느꼈다.

이놈들은 자신의 정체는 알았지만 자신이 방금 은하표국에 들렀다는 사실은 모르는 모양이었다. 그렇다면 자신이 국주 하유걸의 지시로 놈들을 조사한 것도 모르고 있다는 말이었다.

죽는 한이 있더라도 그것만은 지켜야 할 것이다.

"산 짐승이 어딜 못갈까."

강지한은 검을 들어 올리며 답했다.

"그렇지. 산 짐승은 어디든 갈 수가 있지. 하지만 산 짐승이라도 팔다리가 모두 잘리면 아무 데도 못가지."

앞에 선 사내가 소름이 돋는 목소리로 대꾸하며 손을 들어 올렸다.

쉬이익—

사내의 팔이 갑자기 두 배는 더 길어진 것 같은 착각이 들며 강지한의 어깨를 찍어왔다.

잔뜩 경계하고 있던 강지한이 쾌속하게 검을 휘둘렀다.

까앙—

맨손과 검이 부딪쳤는데 쇳소리가 강하게 터져 나왔다.

검에 마주친 사내의 손이 잠시 뒤로 튕겨나는 것 같더니 다시 강지한의 목을 노리고 들었다.

번쩍!

사내의 손목에서 달빛에 시리게 반사되었다.

촤르르—

섬뜩한 소음과 함께 사내의 손목에 감겨져 있던 무언가가 풀려 나왔다.

천조각처럼 팔랑거리는 연검이었다.

조금 전 쇳소리는 강지한의 검이 사내의 손목에 말려 있던 연검에 부딪쳐 나는 소리였다.

"하앗!"

기합성과 함께 강지한은 단번에 잘라 버리겠다는 듯 연검을 향해 세차게 검을 휘둘렀다.

파앗—

연검이 강지한의 검과 마주치려는 찰나, 뱀처럼 휘어지며 강지한의 손목을 노리고 들었다.

낭창거리는 연검의 장점을 십분 이용한 공격이었다.

그대로 마주치면 연검의 휘어진 검날에 속절없이 손목이 잘려 그의 말대로 사지가 절단된 짐승이 될 것 같았다.

그러나 강지한 역시 세상 최하층의 하오문에서 닳고 닳은 사내!

파팡!

갑자기 강지한의 검병에서 폭음이 터지며 자욱하게 흑무가 피어올랐다.

연검이 손목을 자르려 드는 찰나, 강지한은 검의 손잡이를 강하게 틀었고 그곳에 장치된 흑연이 터져 나온 것이다.

순식간에 달빛이 가려지며 시야가 온통 검게 물들었다

"개수작!"

뒤쪽의 사내가 고함과 함께 쌍장을 뻗었다.

퍼엉!

사내의 양손에서 강력한 장력이 터져 나왔다.

퍼억!

뒤이어 파육음이 터지는 소리가 들렸다.

사내의 장력에 강지한이 격중당한 모양이었다.

파앙—

다시 한 번 폭음이 울리며 주변을 가렸던 흑연이 사라졌다.

흑연이 사라짐과 함께 강지한의 신형도 사라졌다.

은밀히 기회를 노리던 강지한이 사내들이 방심한 틈을 타서 흑연을 터뜨리고는 숲 속으로 스며든 것이다.

"교활한 놈이군!"

강지한의 앞을 막고 섰던 사내가 어이없는 표정과 함께 낮게 중얼거렸다.

"그래 봤자 고양이 앞의 쥐야."

장력을 터뜨렸던 사내가 양손을 접었다 폈다 반복하며 느긋하게 대꾸했다.

"정통으로 맞지는 않았지만 장력에 격중당했으니 제대로 운신을 하기 힘들 것이야. 기껏해야 근처에 비 맞은 쥐새끼 꼴로 웅크리고 있겠지."

사내는 양손을 한 번 비비고는 천천히 숲을 향해 걸음을 옮겼다.

쉬리릭!

연검을 든 사내가 그것을 한 번 휘두르고는 장력을 터뜨린 사내의 뒤를 따랐다.


'배후가 화산파와 무당파란 말인가?'

은신술로 가시나무 덤불 속에 몸을 숨긴 강지한은 온통 혼란스런 마음에 갈피를 잡을 수가 없었다.

조금 전 자신의 옆구리를 스치고 간 장력은 무당의 진산장(震山掌)이었다.

옆구리 쪽을 두드리는 순간에는 훨씬 독랄한 기운이 느껴졌지만 무당파 진산장의 특징들을 고스란히 내포하고 있었다.

비록 무학에 대한 조예가 깊지는 못하지만 소림과 함께 구대문파의 중심축을 이루는 무당파의 절기이기에 익히 알고 있었다.

무거움과 웅혼함이 함께 깃든 장력!

다행히 비껴 맞았기 망정이지 정통으로 맞았다면 늑골에 앞서 내장이 먼저 터져 죽었을 것이다.

비껴 맞은 상태로도 숨을 제대로 쉴 수 없을 만큼 위력적이었다.

내가중수법의 위력이 고스란히 스며 잇는 무당의 진산장이 분명했다.

강지한은 가중되어 오는 혼란에 통증마저 잊고 생각을 이어갔다.

무당의 진산장에 이어 또한 놀라운 것은 연검을 휘두르던 사내의 검법이었다.

하늘거리는 연검의 특징으로 인해 얼핏 알아보기 힘들었지만 연검 끝에서 피어나는 매화송이는 화산파의 검법이었다.

그 검법 역시 화산파의 화려함보다는 독랄한 기운이 더 많이 섞여 있었지만 화산의 매화검이 분명했다.

'대체 이게 무슨 일인가?'

정파를 대표하는 무당파와 화산파가 화기와 앵속을 대량으로 운반하는 배후란 말인가?

절대로 그럴 리가 없다.

만약 그 두 문파가 그런 짓을 벌이고 있다면 강호는 폭풍에 휩싸여 왕창 무너지는 결과를 맞이할 것이다.

그렇다면 저들은 무당과 화산의 반도들로 이런 위험한 음모에 가담하고 있다는 말인가?

아마도 그럴 가능성이 높았다.

유구한 세월 동안 무림의 정파로 지내온 그들이 하루아침에 사파로 전락할 리가 없었다.

아마도 놈들은 무당과 화산의 반도이거나 무당과 화산의 절기를 훔친 적도들일 것이다.

생각할수록 머리가 복잡했지만 지금은 그것보다 저들 손에서 살아남는 것이 우선이다.

강지한은 최대한 기식을 죽이며 두 놈의 움직임에 신경을 집중했다.

자신을 놓쳤음에도 불구하고 놈들은 조금도 서두르지 않고 있다.

그만큼 자신이 있다는 말이었다.

장력에 허리 어림을 격중당한 충격으로 아까와 같은 경공은 펼칠 수 없다.

놈들은 그것을 알고 느긋하게 수색을 하고 있다.

'어떻게 하든 놈들을 떨치고 이 사실을 총단에 알려야 한다.'

강지한은 한층 더 기식을 죽이며 은신에 집중했다.

그러는 사이, 사내들이 점점 더 가까이 다가왔다.

"후후! 제법이군!"

연검을 든 사내가 냉소와 함께 말했다.

"무공에 비해 은신술과 경공술은 단연 발군이야."

쌍장을 터뜨린 사내도 고개를 끄덕이며 주변을 살폈다. 그러면서도 계속 느긋한 자세를 유지하고 있었다.

"이럴 때에 대비해서 준비해 둔 게 있었지, 아마?"

연검을 든 사내가 혼잣소리처럼 중얼거리며 품속에서 무언가를 꺼냈다.

사내의 손에 든 것은 작은 주머니였다.

'저건?'

은신술을 펼치고 있는 강지한의 눈이 크게 떠졌다.

사내의 손에 든 주머니는 제환분(提幻粉)이었다.

어떤 환술이든 깨어버리는 제환분은 은신술 역시 마찬가지였다.

대신 그 금액이 엄청나서 아무나 함부로 소지할 수 없다는 것이 제약이었다.

저런 주머니 하나면 은자 천 냥도 훌쩍 넘을 것이다.

그것만 보아도 놈들이 얼마나 엄청난 배경을 가졌는지 알 만했다.

푸스스―

사내가 제환분이 든 주머니를 흔들었다.

붉은 빛을 내는 제환분이 주머니에서 흘러나와 사방으로 퍼져 나갔다.

사방에 내려앉은 어둠이 밀려나며 모든 것이 붉은색으로 변해갔다.

그 속에서 은실술의 흔적은 흰색으로 선명하게 드러날 것이다.

파앗—

강지한은 제환분이 자신이 펼친 은신막에 도달하기 전에 몸을 날렸다.

"쥐새끼!"

고함과 함께 사내의 손에서 장력이 터져 나왔다.

이번에는 진산장이 아닌 팔괘장(八卦掌)이었다.

콰아앙—

면면부절한 무당의 팔괘장이 그물처럼 강지한의 신형을 덮쳐왔다.

강지한이 이를 악물고 신형을 틀었다. 그러나 부드러운 듯하면서도 바위라도 부술 힘을 내포한 면장이 등줄기를 강타했다.

"크으윽!"

강지한은 입으로 선혈을 뿌리며 앞으로 날아갔다.

팔괘장이 등줄기를 강타하는 순간 최대한 등을 구부리며 그 힘을 이용한 강지한의 신형은 쾌속하게 앞으로 쏘아졌다.

일종의 고육지계로 팔괘장에 격중당하며 대신 활로를 찾는 것이다.

"지독한 놈!"

입으로 피를 뿌리면서도 도주를 감행하는 강지한을 보며 두 사람은 혀를 내둘렀다. 그러면서 그들을 촌각도 지체하지 않고 강지한을 쫓았다.

퍼엉!

강지한이 쏘아져 나간 자리에서 폭음이 울렸다.

연막탄 하나가 터진 것이다.

"어림없다."

고함과 함께 장력이 터지며 연막탄이 순식간에 흩어졌다.

한번 당한 수법이었기에 그들은 충분히 대비를 하고 있었던 것이다.

피피핑—

강지한은 신법을 펼치면서도 두 손을 뿌려 암기들을 날렸다.

까까깡!

암기들은 연검이 뿌리는 매화송이들에 부딪쳐 모조리 튕겨 나갔다.

암기들을 튕겨내고도 남은 매화송이 하나가 강지한의 왼쪽 허벅지를 관통했다.

"크윽!"

단말마의 비명과 함께 바닥을 뒹굴었다. 그러면서 입안에 넣고 있던 독단을 깨물었다.

피잉—

한발 앞서 날아온 지풍이 턱 아랫부분을 강타하며 강지한
의 마지막 의지마저 꺾어놓았다.

강지한으로서는 도저히 상대가 안 되는 자들이었다.

무공은 물론, 은신술도 통하지 않는 자들 앞에서 강지한은
아득한 절망감을 느끼며 정신을 잃었다.

第十八章　심법수련(心法修練)

"준비 다 되셨어요, 아저씨?"

하수린이 마을로 돌아갈 준비를 하는 황삼을 찾아왔다.

"준비랄 게 뭐 있습니까, 아가씨. 봇짐 하나만 짊어지면 끝이지요."

황삼이 이미 다 싸놓은 봇짐을 가리키며 답했다.

"가기는 가야 하는데…… 예쁜 우리 수린 아가씨 못 본다고 생각하니 발길이 떨어지지 않습니다요."

황삼이 금방이라도 울 듯한 표정으로 하수린을 쳐다보았다.

"피이— 입에 침이라도 바르고 거짓말을 하세요. 예쁜 색

싯감 보고 싶어서 눈이 퀭하면서 무슨 그런 말씀을 다하세요."

하수린은 의미심장한 눈으로 황삼을 놀렸다.

"아이구! 그런 게 아닙니다, 수린 아가씨. 겨우 한 번 봤을 뿐인데……."

황삼이 홍시같이 얼굴을 붉히며 쩔쩔맸다. 그럴 때 황삼의 모습은 열두어 살 소년과 진배없었다.

"아저씨 얼굴이 홍당무가 되었네요. 호호호!"

하수린이 허리를 꺾으며 교소를 터뜨렸다.

그렇게 웃을 때마다 하수린의 몸속에서 격벽에 막혀 따로 놀던 호흡들은 짧은 순간이나마 하나가 되어 흐르다 다시 격벽에 갇혔다.

"강씨 할아버지 부부께는 잘 말씀드려 주십시오."

이한성은 착잡한 심정으로 말했다.

오늘 황삼과 이별하면 황삼이 혼례를 치르는 내년 봄까지는 볼 수 없을 것이다. 그것도 별일 없이 자신이 이곳에 있으면 그렇겠지만 다른 곳으로라도 가면 언제 다시 볼지 장담할 수 없었다.

"그래. 내가 알아서 잘 말씀드리마. 네 눈을 뜨기 위해서 이곳에 머무르는 것인데 어르신들이라고 참지 못하겠느냐. 오히려 쌍수를 들어 환영하실 게다."

황삼이 크게 고개를 끄덕이며 이한성을 안심시켰다.

"그리고… 이건 제가 아저씨께 드리는 선물이에요."

하수린은 작은 주머니 하나를 내밀었다.

"이것이 무엇입니까, 아가씨?"

황삼이 눈을 동그랗게 뜨고 하수린을 쳐다보았다.

"내년 봄까지는 다시 오실 수 없을 테니 그것으로 혼수 준비를 하세요."

하수린은 활짝 웃으며 말했다.

"이, 이건……."

주머니를 펼친 황삼이 입을 다물지 못했다.

주머니에는 은자가 가득 들어 있었다.

그만한 은자라면 황삼으로서는 죽을 때까지 구경도 못할 액수였다.

"이백 냥 정도 될 거예요. 아주머니 되실 분 빚도 갚고 알차게 혼수 준비를 하세요."

"안 됩니다, 아가씨! 이렇게 많은 돈은… 절대로 받을 수 없습니다."

황삼이 펄쩍 뛰며 주머니를 닫았다. 그리고는 얼른 주머니를 하수린에게 도로 내밀었다.

하수린이 혼수 준비는 자기 손으로 해준다는 말을 들었지만 이 정도일 줄은 몰랐다. 이 정도라면 혼사 열 번은 치를 수 있을 터였다. 그러니 그것은 너무 과분한 것이었다.

"좋아요, 아저씨. 그럼 도로 받겠어요."

선불 맞은 멧돼지처럼 설치는 황삼을 보며 하수린이 주머니를 도로 받았다. 그리고는 매섭게 눈 사이를 좁히며 말했다.

"대신 이 돈은 아저씨가 떠난 후 제가 말을 타고 아저씨 마을로 찾아가 아주머니 되실 분께 직접 전하겠어요."

"아, 아가씨!"

날뛰던 황삼이 주춤 얼어붙었다.

어쩐지 주머니를 쉽게 도로 받는다 싶었는데 그게 아니었다.

"몸도 약한 제가 아저씨 마을로 찾아가며 노숙을 하는 차에 폭설이라도 만나게 되면 어떻게 할래요? 그래서 감기가 들고, 온몸에 열이 펄펄 나서 오도가도 못 하는 처지가 되면… 그건 전적으로 아저씨 책임이에요."

황삼은 애초부터 하수린의 상대가 아니었다.

얼어붙었던 황삼의 표정이 이젠 새파랗게 질렸다.

하수린의 성격으로 보아 충분히 그러고도 남을 일이었다.

황삼 자신의 걸음으로도 닷새는 걸릴 거리를 하수린이 직접 온다면 사단도 그런 사단이 없을 것이다. 비록 말을 타고 온다고 해도 하수린은 중도에 쓰러질 것이다.

"그건 절대로 안 됩니다, 아가씨. 내가, 내가 받아가겠습니다."

황삼은 절대로 안 받겠다던 주머니를 하수린의 손에서 얼른 도로 낚아챘다.

"진작 그럴 것이지. 호호!"

하수린은 만족한 웃음을 터뜨렸다.

"아가씨… 이 은혜를 어떻게…… 어헝!"

황삼은 황소 같은 울음을 터뜨리며 옷소매로 눈물을 훔쳤다.

"누구보다 행복하고 잘 사는 게 은혜를 갚는 거예요. 아셨죠?"

하수린은 누나처럼 황삼을 다독거렸다.

황삼은 소매로 연신 눈물을 훔치며 고개만 주억거렸다.

정문을 나설 때까지 내내 소매로 눈물을 훔치던 황삼은 그렇게 마을로 돌아갔다.

"잘했어."

황삼을 배웅하고 숙소로 돌아오며 이한성이 하수린에게 말했다.

"고맙다고 말했으면 난 실망했을 거야."

하수린이 활짝 웃었다.

고맙다는 말은 어쩐지 거리감이 있는 말 같았다.

이한성이 그렇게 말하지 않고 잘했다고 했기에 하수린의 마음은 한없이 기꺼운 것이다.

"이제 정욱 형님과 수련을 할 시간이야. 가봐야겠어."

이한성은 가볍게 고개를 한 번 끄덕인 후 대숲 쪽으로 방향을 잡았다.

"들어가서 차 한 잔만 같이하고 수련하면 안 될까?"

하수린이 투정을 부렸다.

"그랬다간 수련 시간이 배는 더 길어져."

이한성은 대숲으로 걸음을 옮겼다.

"멋대가리!"

하수린은 고함을 지른 후 빠르게 자신의 처소를 향해 사라졌다.


스스스!

사사삭!

대숲에 스며든 바람이 대나무 이파리들을 어루만지며 환상의 음률을 토해냈다.

이한성은 대숲에서 가부좌의 자세를 취한 채 천천히 호흡을 이끌고 있었다.

처음에는 참장을 열흘쯤 하고 가부좌 자세에서 수련을 하기로 했지만 엄청난 성취 속도에 하정욱은 사흘째부터 바로 가부좌 수련을 시작하게 했다.

그야말로 참장의 수련은 이틀 만에 끝내 버린 것이다.

이한성은 대밭 수련이 끝난 다음에도 밤이 되면 자신의 숙소에서 수련을 하였다. 어떤 때는 수련을 하며 밤을 꼬박 새우기도 했다.

그러나 그 어떤 수련보다 바람의 흐름을 선명하게 느낄 수 있는 이 대숲에서 하는 수련이 훨씬 마음에 들었고 성취도 빨랐다. 그래서 낮 수련은 항상 이 대숲에서 했다.

시작할 때는 옆에서 지켜보고 있던 하정욱은 한번 수련을 시작하면 한 시진이고 두 시진이고 돌부처가 되어버리는 이한성에 지쳤는지 이내 자리를 떴다가 끝날 때쯤에야 돌아왔다.

이젠 하정욱이 옆에 있든 말든 별 상관이 없었기에 이한성은 전혀 개의치 않고 수련에 매진했다.

대나무 숲에서 수련을 하면서 이한성은 많은 것을 들려주는 바람을 한층 더 의미 깊게 관조하기 시작했다.

바람은 시시각각의 모양을 가지고 있었다.

바람은 제각각의 음률을 가지고 있었다.

바람은 또 그대로의 생명을 가지고 있었다.

그 바람이 몸속으로 들어가 생명을 북돋우고 영속시켜 나갔다.

이한성은 대나무 이파리 사이로 빠져나가는 무수한 바람들을 관조하며 자신의 몸속에도 부드럽게 바람을 불게 만들었다. 그리고 그 바람을 원하는 방향으로 이끌기 위해 정신을 집중시켰다.

예전에는 단순히 바람이라는 의미로 다가왔지만 하정욱으로부터 호흡과 함께 의로써 기를 이룬다는 설명을 듣고 나서부터 바람은 단순한 바람이 아니라 공간에 가득한 기의 흐름 이라는 것을 알았다.

단전에서 회오리치던 바람이 기(氣)라는 이름으로 응축되 어 척추를 따라 대뇌에까지 이르렀다.

처음에는 목덜미 어림에서 사라졌지만 이젠 단전에서 생 성된 그대로 대뇌에까지 끌어올릴 수 있었다. 그리고 끌어올 린 기를 다시 단전으로 내려 보내며 수련을 계속했다.

새로이 얻은 눈으로 보는 호흡과 의식으로 느끼는 호흡!

그 둘은 서로 다른 것 같았지만 결국에는 하나라는 것을 알 았다.

의식으로 느끼는 기를 정수리에 있는 눈으로 관조하자 그 흐름을 더욱 확실히 느낄 수 있었다.

이른바 백문이 불여일견!

백 번을 설명해 주어도 한 번 보는 것만 못하다.

기의 존재를 아무리 설명해 주어도 직접 그걸 느끼지 못한 이상 이해할 수가 없었다. 그러나 이한성은 그것을 정수리에 생긴 눈으로 관조하면서 수련을 하였기에 성취의 속도가 믿 을 수 없도록 빨랐다.

'후우우—!'

이한성은 대나무 사이로 흐르는 생명의 바람을 입으로 천 천히 빨아들였다. 그리고 하정욱의 가르침대로 단전에서 잠 시 동안 머무르게 한 다음 척추를 통해 목덜미, 대뇌에까지 이르게 했다. 그럴 때마다 몸은 더운 물 속에 들어앉은 것처럼 후끈해지고 깃털처럼 가벼워지는 느낌을 받았다.

어느덧 반 시진이 훌쩍 지나갔다.

이한성은 천천히 숨을 고르며 수련을 중단했다.

그동안 막연히 숨결이나 호흡으로 관조하던 것을 이젠 기로 이해하고 느낄 수 있게 되었다. 그리고 미흡하나마 의도대로 이끌 수도 있게 되었다.

그것을 토대로 새로운 시도를 해보고 싶었다.

하정욱이 다시 나타나려면 반 시진이나 한 시진은 더 있어야 할 것이다.

그 안에 자신만의 수련을 할 생각이었다.

잠시 일어서서 몸을 푼 이한성은 다시 가부좌의 자세를 잡았다.

호흡을 이끌기 전에 이한성은 하수린과 함께 공부했던 혈도들을 떠올렸다.

송곳 자국으로 그려진 혈도의 위치들이 뇌리 속에서 선명하게 떠올랐다.

대혈들과 사혈, 마혈들의 위치를 하나하나 뇌리에 떠올린 이한성은 한조산이 하루도 빠뜨리지 않고 두어 번씩은 하던 호흡을 떠올렸다.

대해같이 넓고 큰 강물같이 도도하게 흐르던 호흡!

그러나 그 호흡은 대나무 가지사이로 유유자적 흘러나가

는 작은 호흡들이 그 근간임을 알았다.

지금 당장은 죽었다 깨어나도 한조산이 행하던 대해 같은 호흡은 불가능했다. 그렇게 하다간 허파나 심장이 터져 버릴 것이다.

한조산의 대해 같은 호흡의 근간이 되는 유유자적하고 막힘없는 솔바람 같은 호흡을 끌어올려 한조산이 행하던 경로로 이끌 생각이었다.

이한성은 아랫배로 흘러 보낸 호흡에 의념을 집중했다.

아랫배에서 한 가닥 기운이 느껴졌다.

의로써 기를 이끄는 운기가 이루어진 것이다.

그 기운을 한조산 이끌던 경로를 따라 이끌었다.

의념을 따라 생성된 기운이 혈도를 따라 흘러갔다.

기해(氣海), 음교(陰交), 량문(梁門), 거궐(巨闕) 혈을 따라 흐른 기운이 옥당(玉堂) 혈에 이르러 한 바퀴 크게 회전했다.

한조산은 언제나 그렇게 했다.

단전에서 일정한 경로를 따라 끌어올린 기운을 옥당혈에서 한 바퀴 회전시키며 잠시 동안 머물게 했다. 그러면 그의 호흡은 한층 더 깊고 도도해졌다.

이한성은 정신을 가다듬었다.

어쩌면 지금 이 순간이 가장 고비였다.

이끄는 혈도 주변으로 사혈과 마혈들이 많아 자칫 잘못하다가는 처음 무턱대고 따라하던 때처럼 숨이 컥 막히며 다시 저승문턱으로 발을 들일 수도 있었다.

그런 생각과 함께 끌어올리던 기운이 가늘어지며 흔들리는 느낌이 들었다.

이한성은 정수리에 새로이 얻은 눈으로 그 호흡의 흐름을 관조했다.

느낌 그대로 거궐혈까지 끌어올린 기운이 흐트러지며 가늘어지고 있었다.

이한성은 온 정신을 집중하여 가늘어지는 기운을 다잡았다.

잠시 흐트러지며 길을 잃는 듯한 기운이 또 다른 눈으로 관조하며 이끌기 시작하자 서서히 제자리를 찾기 시작했다.

막연히 느끼는 것과 선명하게 보는 것의 차이!

그것은 지금 이 순간에도 큰 위력을 발휘하고 있었다.

'됐다!'

이한성은 속으로 쾌재를 외쳤다.

가장 큰 고비를 넘겼다.

그 고비를 넘기고 흐트러지려던 기운이 다시 확연해지자 이젠 스스로 제 갈 길을 찾는 느낌이 들였다.

이한성는 옥당혈에서 회전하며 한동안 머문 기운을 다시 천천히 아래로 내렸다.

끌어올릴 때보다 오히려 더 도도해진 기운이 막힘없는 물길처럼 단전으로 흘러들었다.

우우웅―

단전에서 가느다란 떨림이 일어났다.

이한성은 움찔 놀라며 정신을 집중했다.

참장수련을 하며 따뜻한 열감으로 기(氣)라는 것을 느꼈지만 이런 떨림은 처음이었다.

문득 하정욱의 말이 떠올랐다.

처음에는 온기로 느껴지던 기운이 나중에는 자석의 척력이나 인력 같은 느낌으로 다가오며 그것을 밖으로 뿌릴 정도가 되면 장력이나 검기로도 발출할 수 있다고 했다.

지금 아랫배에서 떨려오는 느낌은 온기나 열기의 수준을 넘어서 자석의 척력이나 인력에 더 가까웠다.

이한성은 다시 단전에 의식을 집중하며 한 가닥 기운을 끌어올렸다. 그리고 방금 성공한 운기를 재시도했다.

처음보다 훨씬 빠르고 편하게 기운이 끌어올려지며 거궐혈까지 끌려 올라왔다. 그리고 옥당혈에서 크게 한 바퀴 회전시켰다.

이젠 흐트러짐이나 가늘어짐 없이 한 가닥 기운은 도도한 흐름을 보이기 시작했다.

잠시 옥당혈에서 기운을 회전시킨 이한성은 다시 아랫배로 그 기운을 돌렸다.

우우웅―

단전에서 아까보다는 더 확실한 떨림이 일었다.

결코 착각이 아니었다.

미미한 온기로 느껴지던 기운이 이젠 떨림으로 확연히 느껴졌다.

이한성은 그 진동의 기운을 음미하며 다시 운기에 매달렸다.


'저, 저놈!'

대숲 한쪽에서 이한성을 지켜보던 한조산은 기가 막힌 심정에 하마터면 고함을 지를 뻔했다.

일을 보러 나갔다가 나흘 만에 돌아왔다.

그동안 내내 이한성이 궁금했었다.

자신의 호흡을 보고 따라 한다는, 기담집에나 나올 법한 짓을 하다가 죽을 뻔한 놈이었다. 그러나 한번 뜻을 세우면 절대로 포기하지 않을 황소고집을 가진 놈이었기에 그동안 무슨 짓을 하고 있을지 궁금하기 짝이 없었다.

그래서 돌아오자마자 은밀하게 대숲으로 다가왔다.

아니나 다를까, 놈은 수련을 하고 있었다. 뿐만 아니라 이집의 셋째 아들 하정욱의 지도를 받고 있었다.

그래 봐야 도토리 키 재기라는 생각에 대수롭지 않게 지켜보았다.

하정욱은 지루했는지 이내 떠나고 놈이 혼자서 수련을 했다.

수십 년 면벽 수련을 한 노승처럼 가부좌를 틀고 앉은 모습이 웃기지도 않았다, 그래서 코웃음을 치려 하는데…….

양 볼에서 피어오르는 흐릿한 청색의 기운은?

그것은 자신의 문파의 독문심법인 현천심법(玄天心法)의 초반부를 익힐 때 나타나는 독특한 현상이었다.

두 번, 세 번 눈을 씻고 보아도 그것이 분명했다.

다른 사람은 착각할지 몰라도 자신은 그것을 절대로 놓칠 리 없다.

어떻게 이런 일이 일어날 수 있는가?

한조산은 어이가 없어 벌린 입을 다물지 못했다.

처녀가 알몸으로 목욕을 하다가 지나가는 난봉꾼에게 들켰어도 이런 기분은 아닐 것이다.

자신의 모든 것이 드러나다 못해 송두리째 강탈당한 심정이었다.

한조산은 자신도 모르는 사이에 양손 가득 진기를 끌어올렸다.

그것을 뿌리기만 하면 이한성은 즉사를 면치 못할 것이다.

우우웅—

한조산의 양손에 어린 진기가 뻗어 나가지 못해 요동을 쳤다.

"그때 죽였어야지요."

얼마 전에 말한 이한성의 목소리가 뇌리를 울렸다.

놈은 분명히 자신의 호흡을 볼 수 있다고 밝혔고 그때 그냥 보내 주었으니 따라 하는 것을 용인한 것이었다.

하지만 이런 식으로 따라할 수 있으리라고는 꿈에도 생각지 못했다.

사제의 연도 맺지 않은 놈이 자신의 독문 심법을 익히고 있었다.

아직은 미약한 수준이지만 제대로 길을 찾았으니 현천심법을 익히는 것은 시간문제다.

제자도 아니면서 제자나 마찬가지인 놈!

한조산은 멍하니 이한성을 쳐다만 보고 있었다.

그가 이렇게 누군가에게 넋을 놓고 바라보는 것은 생전 처음이었다.

그러고도 한참이 더 지나 돌부처처럼 굳어 있던 이한성의 몸이 움직였다.

한조산은 여전히 이한성을 보고만 있었다.

"휴우―"

이한성은 긴 호흡과 함께 몸을 일으켰다.

"돌아오셨군요."

이미 알고 있는 듯 이한성은 한조산을 향해 고개를 숙였다.

한조산은 아무 대꾸도 않고 이한성을 노려보기만 했다.

"대체 네놈이… 지금 무슨 짓을 저지르고 있는지 알기나 하는 것이냐?"

한조산은 진득하게 살기가 어린 음성으로 말했다.

"저번에도 말했듯이…… 어르신의 숨 쉬는 법을 따라 했습니다."

"내 말은 그런 뜻이 아니다."

한조산이 차갑게 말했다.

"전 어떻게 하든 배워야 합니다. 시간이 별로 없으니까요."

이한성은 조금도 위축되지 않는 음성으로 담담하게 답했다.

"그때… 살려놓지 말았어야 했다."

"아까도 기회는 있었지요."

이한성은 좀 전에 한조산이 양손 가득 진기를 끌어올렸다는 것을 알고 있었다는 말이었다.

"지금도, 아니, 언제든 기회는 있다. 지금 네 녀석이 하는 짓거리를 따지자면 내가 당장 네 녀석을 죽여 버린다 하더라도 아무런 가책도 느낄 필요가 없을 뿐더러, 다른 무인들이 안다고 해도 손가락질을 받지 않을 것이다."

한조산은 차가운 눈으로 이한성을 쏘아보았다. 그런 그의 몸에서는 불식간에 자욱한 살기가 퍼져 나왔다.

이한성의 신형이 휘청거렸다. 그러나 얼마 전처럼 당장 쓰러질 듯 숨이 막히거나 하는 반응은 보이지 않았다. 한조산의 기운에 어느새 동화되고 있다는 말이었다.

"이런 말도 안 되는……."

한조산은 헛바람을 토했다.

이한성을 쳐다보는 그의 눈이 마치 괴물을 보는 듯했다.

"네놈은 무슨… 요괴냐?"

한참 후에 한조산이 가라앉은 음성으로 말했다.

"솔직한 심정으로는… 요괴라도 되어서 힘을 얻고 싶습니다."

이한성은 조금도 꾸미지 않는 음성으로 답했다.

그러나 그의 음성에는 어떤 일이 있어도 굴하지 않을 의지와 고집이 고스란히 스며 있었다.

묵묵히 이한성을 쳐다보는 한조산의 망막에 국주의 금지옥엽 하수린의 얼굴이 투영되었다.

꽃의 정령처럼 예쁘고 손녀같이 느껴지는 아이였다.

특히 자신에게는 언제나 붙임성 있게 대하며 메마른 가슴을 축여주던 아이였다.

하지만 앞으로 길어야 육 년밖에 살지 못하는 천형을 타고난 아이!

그런 아이 곁에 이런 녀석이 붙어 있다는 것이 어쩐지 마음이 놓였다.

"손목을 이리 내보거라!"

한참 동안 이한성을 노려보던 한조산은 항거할 수 없는 목소리로 말했다.

이한성은 자석에 끌리듯이 한조산에게로 손을 내밀었다.

한조산은 이한성의 손목을 낚아채고는 맥문을 짚었다.

우우웅—

한조산의 손끝에서 뜨거운 기운 한 가닥이 이한성의 맥문으로 흘러들었다.

한조산에게 맥문이 잡히는 순간 이한성은 온몸이 쇠사슬에 감긴 듯이 옴짝달싹할 수 없는 기분을 느꼈다.

단지 손가락 하나가 손목을 지그시 누르고 있었지만 온몸이 그 손가락에 연결된 것처럼, 더 나아가 그 손가락이 온몸을 칭칭 감고 있는 것처럼 움직일 수가 없었다.

우우웅—

한조산이 조금 더 힘을 주자 맥문에서부터 흘러 들어온 기운이 이한성의 혈맥을 빠르게 휘돌았다.

'으음!'

이한성은 속으로 신음을 삼켰다.

지금 한조산의 손끝을 통해 자신의 몸속을 휘도는 기운!

그것은 절대로 이질적인 것이 아니었다.

조금 전 자신의 아랫배에서 일던 그 진동이었다.

똑같은 진동이 한조산의 손끝에서 일며 온몸을 같이 공명시키고 있었다.

때로는 자석에 끌리는 듯하고 때로는 척력에 의해 밀리는 듯한 기운이 쉴 새 없이 온몸을 휘돌고 있었다.

온몸이 붕 뜨는 것 같기도 했고, 무저갱 속으로 가라앉는 것 같기도 했다.

한여름에 시원한 물줄기가 쏟아지는 것 같은 느낌이 들다가도 얼음장같이 차가운 기운이 전신을 얼음으로 만들 것도 같았다.

'으윽!'

한동안 한조산의 손끝에서 스며들던 기운을 음미하던 이한성은 신음을 토했다. 그러나 그것은 입안에서만 맴돌 뿐 밖으로는 한줄기도 새어 나오지 않았다.

한조산의 손끝에서 흘러 들어온 혈맥 속을 맴돌던 기운이 아랫배에 이르러 충돌을 일으켰다. 그 결과 아랫배에서 심한 통증이 느껴졌다.

'이, 이놈!'

한조산은 깜짝 놀라며 속으로 고함을 질렀다.

아랫배 어림으로 진기를 흘렸을 때 갑자기 느껴지는 막강한 반탄력!

그것은 마치 검으로 화강암 바위를 잘못 두드릴 때의 느낌만큼 강렬했다. 또한 그것은 자신의 진기를 완전히 튕겨낼 만큼 무시무시하기도 했다.

'대체 이것이 뭔가?'

한조산은 도저히 납득이 가지 않는 현상에 잠시 호흡을 골 랐다.

맥문을 잡고 자신의 진기를 흘러 넣은 혈맥은 무공이라고 는 전혀 모르는 어린아이의 혈맥 그대로였다. 그런데 단전에 웅크리고 있는 기운은 끝 모를 호수처럼 깊었다. 그리고 그 호수 속에 똬리를 틀고 앉은 기운은 수룡처럼 막강했다.

조금만 진기를 더 불어넣어도 종이 봉지처럼 찢어질 것 같 은 여린 혈맥을 간직한 아이의 단전에 이런 거대한 기운이 자 리 잡고 있단 말인가?

처음 만났을 때 그런 말을 하긴 한 것 같았다.

약초를 캐러 절벽으로 내려갔다가 이름 모를 뱀에 물려 시 력을 잃었고 대신 새로운 눈 하나를 얻었다고 했다. 또한 그 뱀에 물린 후 지독한 갈증에 핏빛 꽃잎을 뜯어먹고 생명을 건 지며 아랫배에 무슨 기운이 어려 있다고도 했다.

그때는 도무지 믿어지지 않는 이야기들이라 흘려 버렸다.

눈이 안 보이고 다른 눈으로 한조산 자신의 움직임까지 읽 어내는 것은 직접 보았으니 믿을 수밖에 없었지만 아랫배에 무슨 기운이 어려 있다고 한 말은 귓전으로 들었다.

무공이라고는 전혀 모르는 아이의 단전에 기운이 어려 있 으면 얼마나 있을까 하는 생각에 잊어버리고 있었는데 이렇 게 거대할 줄은 꿈에도 생각하지 못했다.

한조산은 다시 한 번 진기를 불어 넣어 이한성의 단전에 어린 기운을 탐색했다.

"빠드득!"

이한성의 입에서 이를 가는 소리가 흘러나왔다. 동시에 가는 선혈 한줄기도 같이 새어 나왔다.

한조산은 급히 진기를 회수했다.

그 반탄력의 정체를 끝까지 탐색해 보고도 싶었지만 그렇게 하다가는 이한성의 혈맥이 견디지 못하고 터져 나갈 것이다.

"크윽!"

한조산이 진기를 회수하자 이한성은 막혔던 신음을 토해냈다. 신음 속에 섞인 선혈도 방울방울 앞섶에 떨어졌다.

타다닥!

한조산은 빠르게 다른 손을 움직여 이한성의 가슴과 등을 두드렸다.

새파랗게 질렸던 이한성의 혈색이 서서히 원래의 모습으로 돌아왔다.

"조금 전에 내 호흡을 따라했던 대로 운기를 하거라!"

여전히 이한성의 맥문을 잡은 채 한조산이 지시했다.

이한성은 한조산의 지시대로 아랫배에서 한 모금의 진기를 끌어올려 순서대로 혈을 따라 흘리며 운기를 했다.

"다시!"

한 번의 운기를 하고 단전으로 회수했을 때 한조산이 재차 고함을 질렀다.

그렇게 세 번의 운기를 했을 때 한조산은 이한성의 맥문에서 손을 놓았다.

"휴우—"

이한성은 길게 날숨을 내쉬었다.

세 번의 운기와 함께 아랫배에서 느껴지던 고통이 말끔히 사라졌고 목구멍에서 느껴지던 비릿한 피 냄새도 씻겨 나갔다. 그리고 몸은 그 어떤 때보다 한층 가벼운 느낌이었다.

그것은 한조산이 맥문을 잡고 이한성이 세 번의 운기를 하는 동안 한층 더 강하고 빠르게 진기를 이끌어주었기 때문이었다.

"대체 네 녀석 뱃속에 있는 그것이 무엇이냐? 그리고 어떻게 그런 엄청난 기운이 무인도 아닌 네 녀석 단전에 웅크리고 있을 수 있단 말이냐?"

한조산은 조금 전의 놀란 심정이 가시지 않은 표정과 함께 물었다.

이한성은 천호연에서 들은 대로 간략하게 설명해 주었다.

"어머니의 절맥이 네 녀석에게 잠재적으로 이어져 혈맥이 터지지 않고 살아 있단 말이냐?"

"그렇습니다."

"세상에는 모래알만큼 많은 기인이사가 있다더니… 네 녀석도 그중 한명이 되겠구나."

한조산은 가볍게 입맛을 다시다가 갑자기 등을 돌렸다.

[오늘은 쉬고 내일 밤 자시가 되면 이곳으로 오너라.]

한조산의 음성이 고막 안쪽에서 바로 울렸다.

전음술이었다.

이한성은 하정욱을 통해 그것을 알고 있었지만 직접 대하기는 처음이었다.

전음술을 펼친 한조산은 순식간에 멀어져 갔다.

이한성은 무의식적으로 정수리에 신경을 집중시키며 한조산의 움직임을 좇았다.

한조산의 붉은색 형체가 마치 아지랑이처럼 흔들리며 대숲을 빠져나가서는 눈 깜짝할 사이에 아예 사라져 버렸다.

흡사 귀신같은 움직임이었다.

눈으로 보는 것이 아니라 열감으로 느끼는 것이라 더욱 그렇게 여겨졌다.

마치 한줄기 바람과 같았다.

한조산의 신묘한 움직임을 멍하니 관망하고 있는 이한성의 귀에 대나무 이파리를 밟는 소리가 들렸다.

하정욱이 다가오고 있었다.

한조산이 갑자기 그렇게 떠난 이유가 그것이었다.

하정욱의 존재를 미리 알아차린 한조산은 바람처럼 사라진 것이다.

"다 끝났냐?"

하정욱이 약간 의외라는 음성으로 물었다.

"끝났습니다."

이한성은 천천히 고개를 끄덕였다.

"오늘은 일찍 끝났구나. 오늘 하루도 또 괄목할 만한 성취가 있었겠지?"

이한성의 엄청난 성취 속도를 알고 있는 하정욱은 눈을 반짝거렸다.

"오늘은 집중이 잘 되지 않아 일찍 끝냈습니다."

이한성은 속내를 감추고 답했다.

"해가 서쪽에서 뜰 일이구나. 그런데… 그 피는?"

하정욱은 이한성의 앞섶에 몇 방울 떨어져 있는 피를 보고 놀란 음성을 토했다.

"너 설마 주화입마에라도 빠진 거냐?"

하정욱이 와락 이한성의 어깨를 잡으며 말했다.

"아직 그럴 단계가 아니지 않습니까. 대나무에 부딪쳐 입안이 터졌습니다."

이한성은 입안에 고인 침을 뱉어내며 대꾸했다.

"그래. 아직은 그럴 단계가 아니지."

하정욱은 고개를 끄덕였다.

자신도 아직은 폭주하여 주화입마에 빠질 만큼 진기가 축적되지 않았다.

"대나무에 부딪쳤다니… 내가 자리를 뜨는 바람에 그렇게 되었구나. 그만 가자. 가서 미지근한 차를 마시면 금방 아물 것이다."

하정욱은 친형처럼 이한성의 어깨에 팔을 두르며 이한성을 이끌었다.

따뜻한 하정욱의 체온이 어깨로 고스란히 전해짐을 느끼며 이한성은 조심스럽게 걸음을 옮겼다.

第十九章

야습(夜襲)

휘익—

신경을 곤두세우지 않으면 들리지 않을 정도로 미세한 바람 소리가 길게 울렸다.

휘익—

휘익—

다시 미세한 바람 소리들이 들리며 검은 물체들이 어둠을 헤치고 나타났다.

검은색의 야행의에 복면을 두른 인영들이었다.

먼저 나타난 흑의인들은 잠시 신형을 멈추고 뒤따라오는 인영들을 기다렸다.

숨 몇 번을 내쉴 시간이 지나자 수십 명의 사내가 먼저 나타난 흑의인들 앞에 섰다.

기척을 죽이며 순식간에 어둠을 뚫고 나타나는 모습들을 보아 하나같이 상승의 경공술을 익힌 고수들이 분명해 보였다.

"다 왔나?"

유일하게 청의를 입은 복면인이 낮은 음성으로 물었다.

차가운 눈빛과 가라앉은 분위기로 보아 복면인들의 수장이 분명해 보였다.

"다 왔습니다."

제일 뒤쪽의 복면인이 답했다.

"그럼 지금부터 최대한 은밀하고, 최대한 빠르게 일을 처리한다. 그리고 일이 끝난 후에는 아무런 흔적을 남기지 말고 사라진다."

청의복면인이 낮고 단호하게 지시를 내렸다.

"복명!"

흑의복면인들이 짤막하게 답하고는 나타났을 때와 마찬가지로 순식간에 어둠 속으로 파고들었다.

부하들이 사라지고 난 뒤에도 청의복면인은 한동안 그 자리에서 움직이지 않고 서 있었다.

굳이 자신이 따라가지 않아도 된다는 여유 같기도 했고, 마음만 먹으면 순식간에 따라붙을 수 있다는 자신감 같기도 했다.

"너무 호기심이 많아도 명을 재촉할 수가 있지."

부하들이 사라진 쪽을 바라보며 청의복면인은 차갑게 중얼거렸다.

"또한 너무 곧게만 살려고 하며 부러지고 말지. 후후!"

청의복면인은 냉소를 흘리다가 문득 고개를 들었다.

"눈… 인가?"

그의 말대로 허공에서는 몇 개의 눈송이가 흩날리고 있었다.

"첫눈이군……."

청의복면인은 굳은살이 박인 손을 펴서 천천히 앞으로 내밀었다.

그의 손바닥에 몇 송이의 눈이 부드럽게 내려앉았다.

첫눈이라 그런지 작은 송이의 눈이었다.

"펑펑 쏟아졌으면 좋겠군. 그럼 낭자하게 흐른 선혈도, 사방으로 퍼져 나가는 피비린내도 모조리 덮여 버릴 테니까. 후후!"

청의복면인은 나직하게 웃음을 흘리며 계속해서 눈을 받았다.

그러나 그의 바람과는 달리 눈은 금세 멈추며 더 이상 내리지 않았다.

"피 냄새가 덮여지지 않고 진동을 하겠군. 쩝!"

입맛을 다신 청의복면인은 한쪽 발을 내밀었다.

슈아악—

대기가 찢기는 소리와 함께 청의복면인의 신형도 어둠 속에 파묻혔다.


                    *          *          *


"쯧쯧! 넌 대체 언제 왔는데 이제야 이 형에게 차 한 잔을 청하는 거냐?"

야심한 시각 하정탁은 동생 하정욱과 찻잔을 마주하고 앉아 도끼눈을 떴다.

그의 말대로 하정욱은 집에 온 첫날 하정탁과 인사나 겨우 나누고는 오늘에서야 차를 마시는 자리를 마련한 것이다.

"그동안 좀 바빴어."

하정욱이 빙긋 웃으며 답했다.

"바쁘긴 뭐가 바쁘단 말이냐. 집에 오면 문파로 돌아갈 때까지 내내 침대에서만 뒹구는 녀석이······. 하긴, 정신없이 자는 것도 바쁜 일이기는 하지."

하정탁이 콧방귀를 뀌었다.

"이번에는 하루도 제대로 못 뒹굴고 바빴다니까 그러네."

하정욱은 차를 한 모금 삼키고는 휴우— 하고 한숨을 내쉬었다.

다른 때라면 아직까지도 침대에서 정신없이 뒹굴고 있을 텐데 이번에는 이한성 때문에 하루도 제대로 쉬지 못하고 수련 지도에 시간을 빼앗기고 있으니 자신이 생각해도 어이가 없었다.

"뭣 때문에 그렇게 바빠?"

하정탁도 별일이라는 듯한 표정으로 하정욱을 빤히 쳐다보았다.

"제자를 하나 키우고 있거든?"

"제자?"

하정탁이 눈을 크게 떴다.

"그래. 제자! 그것도 아주 괴물 같은 제자지. 그 제자를 가르치는 맛에 매년 하던 침대 휴식도 포기했어."

하정욱은 스스로도 대견한 듯 의기양양한 표정을 지었다.

"설마… 그 녀석을 말하는 것은 아니겠지?"

뭔가 짚이는 게 있는 듯 하정탁은 목소리를 높였다.

보이지도 않으면서 자신이 불쑥 내지른 주먹에 반사적으로 고개를 젖히던 이한성이라면 동생 정탁이 관심을 가질 만하다는 생각이 들었다.

"왜 아니겠어. 우리 수린이가 친구로 사귄 그 녀석이지. 하하!"

하정욱은 유쾌하게 웃었다.

제자를 가르치는 재미가 그 웃음에 묻어나왔다.

"그 녀석에게 네가 무공을 가르치고 있다는 말이냐?"

"그래. 벌써 여러 날이 되었지. 어찌나 진도가 빠른지 도끼자루 썩는지도 모를 지경이야."

하정욱은 고개를 절레절레 저었다.

"대체 어느 정도기에 네가 그렇게 침을 튀기며 칭찬을 하는 거냐?"

하정탁도 부쩍 관심이 이는지라 두 눈을 반짝이며 동생을 쳐다보았다.

"거의 괴물 수준이야. 참장 수련을 이틀 만에 끝내고 다음 단계로 넘어갔지. 나는 그 단계를 근 반년을 끌었……."

설명을 하던 하정욱이 갑자기 말을 끊었다.

"왜?"

하정탁이 의아한 눈으로 하정욱을 쳐다보다가 와락 고개를 돌렸다.

날카로운 병장기 소리가 밤의 정적을 깨뜨리며 들려왔다.

뒤이어 사람들의 고함 소리와 비명 소리들도 들렸다.

"침입자다!"

하정욱은 고함과 함께 문을 박차고 밖으로 뛰어 나갔다.

"침입자라니? 대체 누가?"

하정탁이 고함을 지르다 얼른 검을 챙겨 들고 달려나갔다.


"웬 놈들이냐?"

제일 앞에 선 표사 한 사람이 고함을 쳤다.

잠을 자다가 보초를 서던 표사의 고함 소리를 듣고 뛰쳐나온 듯 그는 제대로 복장도 갖추지 못한 채 검 한 자루만 들고 있었다.

장원에는 벌써 몇 명의 표사가 피를 흘리며 쓰러져 있었다. 낭자한 피의 양과 꼼짝도 못하고 있는 모습으로 보아 이미 절명했거나 치명상을 입은 것이 틀림없었다.

"웬 놈들이냐고 물었다!"

표사가 이를 부드득 갈며 다시 고함을 쳤다.

"그걸 말해줄 것 같았으면 복면을 할 이유가 없겠지."

복면인 중 한 사람이 비웃음이 가득 담긴 음성으로 대꾸했다. 그러나 복면 사이로 드러난 눈에서는 웃음기는 한줄기도 찾아볼 수 없고 얼음보다 더 차가운 살기만이 칼날처럼 뻗어나왔다.

고함을 친 표사가 주춤 뒤로 한 걸음 물러섰다.

복면인과 눈을 마주친 것만으로도 가슴이 철렁 내려앉는 기분이 들며 자신도 모르게 한 행동이었다.

"누구냐?"

"웬 소란이냐?"

뒤늦게 잠자리에서 일어난 표사들이 숙소에서 쏟아져 나왔다.

장남 하정현이 표행을 마치고 돌아온 지 얼마 되지 않았기에 표국에는 표사가 백여 명 가까이 상주하고 있었다. 그들이 병기 부딪치는 소리와 고함 소리를 듣고 모조리 몰려나오고 있는 것이다.

그렇게 은하표국의 표사들이 모두 쏟아져 나오자 복면인들은 표사들에게 꼼짝없이 포위당한 형국이 되어버렸다. 하지만 복면인들은 추호의 동요도 없었다. 압도적인 숫자에 둘러싸여 긴장할 만도 하건만 복면인들은 사냥감을 발견한 맹수처럼 이글거리는 눈으로 표사들을 노려보았다.

"한 놈도 도망가지 못하게 하라!"

복면인들 중 한 명이 오히려 단호한 목소리로 지시를 내렸다.

"복명!"

뒤에 선 복면인들이 대답과 함께 신형을 움직였다.

휘익—

열 명 정도의 복면인이 표사들의 머리 위로 날아올라 은하표국의 담장 위에 내려섰다. 그리고는 못 박힌 듯 그 자리에 서서 안을 노려보았다.

큰 장원을 방불케 하는 은하표국이었다.

그런데도 단 열 명의 사내가 외곽 담장을 둘러싸자 쇠로 된 그물이 펼쳐진 듯한 압박감이 느껴졌다.

"이놈들이!"

포위했다고 생각했는데 오히려 포위를 당한 상황이 되자

표사들이 분기탱천하며 검을 빼 들고 앞으로 나섰다.

"물러서라!"

표사들 뒤에서 굵직한 고함 소리가 울렸다.

표사들이 양 옆으로 물러나며 그 사이로 세 명의 사내가 침착한 모습으로 걸어 나왔다.

은하표국의 선임표두 장덕주(張德株)와 이표두 오진무(吳辰武), 삼표두 서관표(徐館標)였다.

그들은 다른 표사들과 달리 완전무장을 한 채 조금도 흐트러지지 않은 모습이었다. 그런 세 표두의 침착한 모습에 우왕좌왕하던 표사들도 냉정을 되찾고 전열을 정비하기 시작했다.

"당신들은 뉘시오?"

장덕주가 차가운 음성과 함께 수장으로 보이는 복면인에게 질문했다.

"국주는 어디 있느냐?"

복면인이 대답대신 도로 질문을 던졌다.

낮게 가라앉으면서도 잔뜩 쉬어 있는 목소리는 중년인의 것인지 노인의 것인지 쉽게 구별이 가지 않았다.

"네놈들 정체부터 밝혀라!"

장덕주가 검을 뽑아 들고 앞으로 쑥 내밀며 말했다.

시퍼렇게 벼리어진 검날이 달빛을 받아 섬뜩한 기운을 내뿜었다.

"네놈에게 그걸 알 자격이 있을까."

복면인은 시종일관 비웃음 가득한 음성으로 내뱉었다.

"야밤에 복면을 하고 남의 집 담장을 넘은 놈들보다야 자격이 있겠지!"

장덕주도 지지 않고 힐난 어린 목소리로 받아쳤다.

"후후!"

복면인이 나지막하게 웃었다. 그러나 그의 눈에서는 번쩍하고 불꽃이 튀었다.

그 눈빛에 장덕주는 자신도 모르게 진기를 끌어올렸다.

그만큼 중년인의 눈빛은 칼날같이 날카로웠다.

[진을 펼칠 준비를 하게.]

장덕주는 이표두 오진무에게 전음을 펼쳤다.

놈들의 기세로 보아 다른 표사들로서는 상대가 되지 않을 것 같았다. 개별적으로 달려들다가 초반부터 기세가 꺾이면 부하들은 제대로 싸워보기도 전에 쓰러지고 말 것이다.

"원방진(圓房陣)을 펼쳐라!"

이표두 오진무가 무거운 음성으로 고함을 질렀다.

원방진은 표물을 운송하다가 표사들보다 훨씬 많은 산적들을 만나면 가장 먼저 펼치는 것이었다. 비록 지금은 표사들이 훨씬 숫자가 많았지만 장덕주는 일말의 망설임도 없이 원방진을 펼치게 했다.

"겁나 죽겠군!"

앞에 있던 복면인이 낮은 웃음을 흘렸다.

"네까짓 놈들과는 상대하고 싶지 않지만 개를 때리면 주인이 나오는 법, 모조리 베어라!"

복면인은 낮지만 단호한 목소리로 명령을 내렸다.

쉬이익—

복면인의 명령이 떨어지자마자 담장 위에서 포위망을 형성하고 있는 복면인들을 제외한 다른 복면인들이 앞으로 쏘아졌다.

꼼짝 않고 서 있을 때는 마치 석상 같았는데 청의복면인의 명령을 받고 움직이자 흡사 화살이 사방으로 쏘아지듯 튀어나갔다.

"개진(開陣)!"

표사들이 고함을 지르며 원방진을 가동시켰다.

진이 가동되자 표사들이 서른 명가량의 흑의인이 그물을 펼친 듯 조여 들어갔다. 그러나 그것은 지극히 짧은 순간의 모습일 뿐, 병장기 부딪치는 소리가 몇 번 나자마자 표사들은 추풍낙엽처럼 쓰러지기 시작했다.

"으윽!"

"크윽!"

비명 소리들이 울리며 진형이 급격히 무너졌다.

"진형을 유지하라!"

선임표두 장덕주가 고함을 지르며 복면인 한 명을 향해 달려나갔다.

째앵—

장덕주의 검이 표사 한 명을 베려 하는 복면인의 검을 쳐 냈다.

잠시 목표물을 잃었던 복면인의 검이 득달같이 장덕주를 향해 날아왔다.

날아오는 검을 보며 장덕주는 가슴이 철렁하는 기분이 들었다.

검에 한발 앞서 스며드는 압력이 온몸을 옭죄는 것 같았다.

이른바 검풍이었다.

복면인의 검에서 쏟아지는 검풍은 그것만으로도 능히 살갗을 벗겨내고 피를 튀게 만들 만했다.

"하앗!"

장덕주는 큰 기합성과 함께 검을 강하게 마주쳐 갔다.

쨍!

두 자루 검이 마주치며 불똥이 튀었다.

'으윽!'

장덕주는 속으로 신음을 삼켰다.

호구가 찢어지는 기분이었다.

자신은 혼신의 힘을 다했다. 그러나 자신과 검을 마주친 사내는 자신의 검에 의해 궤적이 어긋난 검을 슬쩍 방향을 바꿔 내려친 뿐이었는데 그 충격파가 손목을 타고 온 어깨와 심장에까지 전해졌다.

'고수다!'

장덕주는 신음처럼 속으로 외쳤다.

이 정도라면 표두 세 명이 한꺼번에 덤벼도 힘들 것 같았다.

이들 서른 명이면 표사 백여 명이라 하더라도 반 시진 안에 능히 해치울 수 있을 것 같았다.

'대체 이들은 누굴까?'

다시 날아드는 복면인의 검을 이를 악물고 막아내는 장덕주의 심중으로 진한 의구심이 지나갔다.

이곳의 국주 하유걸은 절대로 누군가에 원한을 살 사람이 아니었다. 또한 그는 길이 아니면 쳐다보지도 않는 사람이었다.

그런 사람이 이끌고 있는 이 은하표국에 이런 자들이 쳐들어올 이유가 짐작되지 않았다.

휘익—

다시 복면인의 검이 바람처럼 날아들었다.

장덕주는 온 힘을 다해 검을 막아갔다.

휘리릭—

검이 마주치기 직전에 복면인의 검이 궤적을 바꾸었다.

마치 바람이 흩어지듯 신묘하며 예측 불허한 초식이었다.

서걱—

섬뜩한 소음과 함께 왼쪽 어깨에서 불에 지진 듯한 통증이
느껴졌다.

"으윽!"

장덕주는 억눌린 신음을 토했다.

"장 표두님!"

장덕주가 맡고 있는 조의 부하 하나가 고함을 지르며 복면
인을 향해 검을 휘둘렀다. 그러나 복면인의 검이 한발 빠르게
부하의 허리를 할퀴고 지나갔다.

파앗―

자욱한 피보라가 솟구치며 부하가 바닥을 뒹굴었다.

저런 상처라면 절명하든지, 살아난다고 해도 평생 제대로
된 힘을 쓰지 못할 것이다.

"이놈!"

부하의 희생 덕에 목숨을 구한 장덕주가 필사적으로 검을
휘둘렀다.

서걱!

손바닥에 그리 익숙하지 않은 감촉이 느껴지며 복면인의
가슴이 벌어졌다.

"이따위 놈들에게……."

복면인의 눈이 불신으로 물들었다.

잠깐의 방심이 부른 결과였다. 아니, 그보다 생사를 도외시
한 채 막무가내로 달려든 장덕주의 부하로 인해 생긴 빈틈에

장덕주의 검이 스며든 것이다.

복면 사내가 천천히 무너졌다.

그러나 그뿐이었다.

다른 복면인들은 상처 하나 입지 않았고 표사는 수십 명이 바닥에 뒹굴고 있었다.

그런 와중에도 불구하고 담장 위에서 포위망을 형성하고 있는 복면인들은 미동도 않고 장내를 쏘아보고만 있었다.

그들의 눈빛은 표사들을 이미 시체로 보는 것 같았다.

"아악!"

"크으윽!"

이곳저곳에서 비명이 쏟아졌다.

"진형을 유지하라!"

이표두 오진무도 고함을 지르며 검을 휘둘렀다.

쉬이익!

검 한 자루가 섬뜩한 파공음을 내며 오진무를 향해 날아들었다.

표두 셋을 먼저 쓰러뜨리려는 의도로 복면인들이 장덕주와 오진무 등에게 집중적으로 휘두른 검 중의 하나였다.

챙―

날카로운 검명이 일며 오진무의 검이 허공으로 튕겨 올랐다. 그 사이로 다시 복면인의 검이 날아들었다.

오진무의 얼굴에 저승사자의 그림자가 드리웠다. 그만큼

복면인의 검은 빠르고도 신랄했다.

파앗!

오진무의 목으로 검이 쑤셔들려는 찰나, 검을 쥔 복 복면인의 팔이 허공으로 떠오르며 피분수가 솟구쳤다.

"국주님!"

복면인의 팔을 자르며 그 여세를 몰아 또 한 명의 복면인을 몰아쳐 가는 하유걸을 오진무는 반쯤 넋이 나간 표정으로 쳐다보았다.

하유걸의 옆에서는 총표두 정가진이 호위라도 하듯 맹렬하게 검을 휘두르고 있었다.

휘이익—

하유걸의 검이 다시 춤을 추었다.

복면인들 못지않게 현란하면서도 웅혼한 무게감이 느껴지는 검법이었다.

"크윽!"

또 한 명의 복면인이 허리에서 피를 뿌리며 바닥을 뒹굴었다.

"멈춰라!"

복면인 한 명의 목을 더 베어버린 하유걸이 천둥 같은 고함을 질렀다.

불가의 사자후처럼 공력이 잔뜩 들어간 고함에 장내의 싸움이 서서히 잦아들었다. 그리고는 어느새 병장기 부딪치는 소리들은 사라지고 자욱한 피비린내와 함께 억눌린 신음 소리들만이 감돌았다.

"역시 개를 두드리니 주인께서 납시는군. 후후!"

뒤에서 사태를 관망하고 있던 청의복면인이 낮게 웃음을 흘렸다.

국주 하유걸과 총표두 정가진의 가세로 인해 부하 몇 명을 잃었지만 그런 것에는 눈곱만큼도 신경 쓰지 않는 모습이었다.

휘익—

검을 한 바퀴 휘둘러 피를 털어낸 하유걸은 이글거리는 눈으로 청의복면인을 쳐다보았다.

두 사람의 시선이 허공에서 불꽃을 튕겼다.

"우리가 누군지 궁금하지 않나?"

하유걸이 한동안 아무 말도 않고 지켜보기만 하자 청의복면인이 먼저 입을 열었다.

"가르쳐 줄 것 같았으면 복면을 하지 않았겠지."

하유걸은 복면인이 했던 말을 그대로 되돌려 주었다.

"역시 주인은 개들과는 무언가 달라. 하하!"

복면인은 처음으로 제대로 된 웃음을 터뜨렸다. 그러나 그런 웃음소리마저도 진득한 피 냄새가 감돌아 절로 눈살을 찌푸리게 만들었다.

'대체 웬 놈들일까?'

하유걸은 청의복면인에게서 한시도 눈을 떼지 않은 채 의구심에 잠겼다.

아닌 밤중에 홍두깨란 이런 상황을 두고 말하는 것이다.

이제껏 단 한 번도 남에게 해를 입힌 적이 없었고 도리에 어긋나는 짓을 한 적이 없었다. 그런데 야밤에 이런 괴한들이 침입을 하다니?

'혹시?'

혼란스럽던 하유걸의 뇌리에 순간적으로 섬광처럼 스쳐 가는 생각이 있었다.

장남 하정현이 황염동으로부터 맡아왔던 석연찮은 표물 운송 의뢰!

그것 때문에 하유걸은 하오문의 지부장 강지한에게 부탁해서 그 표물 운송이 어떤 것인지 알아보게 했다.

처음에는 별 생각 없이 그렇게 했는데 강지한이 알아본 바에 의하면 천만 뜻밖에도 황염동은 최근 아주 은밀하게 앵속과 화기의 운반에 손을 대고 있다고 했다. 또한 그 양이 절대로 만만치 않다고도 했다.

그 사실을 안 하유걸은 조만간 전혀 의심받지 않을 이유를 만들어 많은 배상금을 지불하더라도 그 표행을 취소시키려 마음을 먹고 있었다. 그러나 아직까지는 생각만 굳혔을 뿐 내색조차 하지 않은 상태였다.

그런데도 이런 놈들이 습격했다면?

놈들은 강지한의 부하들이 행한 은밀한 조사를 알아채고 역으로 추적했다는 말이다.

하유걸은 머리끝이 쭈뼛 서는 기분이 들었다.

자신의 짐작이 맞는다면 이들은 생각보다 훨씬 무서운 인간들이다.

하오문 지부장 강지한은 결코 만만한 인물이 아니다.

신중하면서도 철저하고 무공 또한 하오문 출신답지 않게 고강했다.

그래서 하유걸은 개방보다도 오히려 이곳 하오문을 더 신뢰하고 교분을 유지했다.

그런 강지한의 조심성과 철저함을 무너뜨리고 이곳까지 역으로 추적해 들어온 놈들이라면 무섭다 못해 소름이 끼치는 일이다.

'강지한은 살아 있을까?'

이번 조사의 배후가 자신이라는 것은 강지한만이 알고 있다.

놈들이 여기까지 역추적해 왔다는 것은 강지한의 자백이 있기 전에는 불가능하다.

자신이 아는 한 강지한은 죽어도 자백을 할 사람이 아니다.

하지만 놈들은 그런 강지한의 입을 열게 할 능력까지 지녔다는 말이다.

하유걸은 다시 한 번 모골이 송연한 기분이 들었다.

"소문은 몇 번 들었지. 검술 실력이 드러난 것보다는 감춘 것이 더 많다고……. 그래서 조심해야 한다며 인원을 배로 붙여주더군. 때문에 자존심이 제법 상했어."

청의복면인은 상처 입은 자존심을 하유걸에게 풀려는 듯 허리에 차고 있던 검을 뽑아 성큼 앞으로 나섰다.

복면인을 바라보는 하유걸의 눈에서 서서히 불길이 일고 있었다.

第二十章

동창(東廠)

"너희는 왜 나왔느냐? 어서, 어서 안으로 들어가거라!"

밖으로 나온 아들들과 딸 하수린을 보며 하유걸의 부인 임소령이 새파랗게 질린 채 고함을 질렀다.

소란에 잠을 깬 그녀와 하유걸은 처음에는 표사들끼리 다툼이라도 일어났는가 생각했다. 그러나 곧 상황이 예사롭지 않다는 것을 느낀 하유걸은 검을 들고 바람처럼 달려나갔고, 임소령 또한 옷을 입고는 따라 나왔다.

"어서 안으로 들어가라니까!"

임소령이 다시 고함을 질렀다.

"표사들이 모두 당하면 안에 있든, 밖에 있든 마찬가지입니다. 차라리 싸우다 죽겠습니다."

하정욱이 이를 악다문 채 말했다.

유진문에서 무공을 배우고 있는 그는 어느새 굽히지 않는 무인의 기질을 익히고 그 기운을 온몸으로 내뿜고 있었다. 또한 오른손에는 사문으로부터 받은 애검을 굳게 쥐고 있었다.

"아직은 저들의 상대가 아니다. 어서 안으로 들어가거라!"

임소령은 울부짖듯 고함을 질렀다.

"형은 어서 수린이와 어머니 모시고 안으로 들어가!"

하정욱은 두 형을 쳐다보며 고함을 질렀다.

"이 자식이!"

하정탁이 핏발선 눈을 부릅떴다.

비록 대문파에서 무공수련은 받지 않았지만 그간 아버지로부터 틈틈이 배웠다. 그리고 아직까지는 동생에게 지지 않을 것 같다는 자신감도 있었다. 하지만 그 무엇보다도 자신이 형이었다. 아무리 사태가 위급하다고 형이 동생의 등 뒤로 숨는 법은 없었다.

"너희 둘 다 수린이와 어머니 모시고 들어가라. 그리고 어떤 일이 있어도 두 사람을 지켜라. 난 아버지를 지키겠다."

침묵을 지키고 있던 하정현이 낮게 가라앉은 목소리로 말했다.

"형! 하지만……."

"어서!"

하정현이 벼락 치듯 고함을 질렀다.

하정탁과 하정욱이 놀란 눈으로 하정현을 쳐다보았다.

형제 중에서 제일 유순한 성격의 하정현이었다. 그래서 아무리 화가 나도 이런 식으로 고함은 지르지 않았다.

그런데 지금은 판이하게 달랐다.

만약 한 번 더 토를 달았다가는 주먹이라도 날아올 것 같았다.

"어서!"

다시 터져 나온 고함에 하정탁과 하정욱은 주춤거리며 뒷걸음질을 쳤다.

"기필코 어머니와 수린이를 지켜라. 만약 그렇지 못한다면 지옥까지라도 쫓아가서 괴롭힐 것이다."

하정현은 숯불처럼 이글거리는 눈으로 두 사람을 쏘아보며 피를 토하듯 당부했다.

"정현아!"

"큰오빠!"

임소령과 하수린이 절규를 토했다. 그러나 그들은 하정탁과 하정욱에 의해 끌려가다시피 안으로 들어갔다.


'대체 무슨 일이지?'

갑작스런 소란에 다른 사람들과 마찬가지로 밖으로 나온

이한성은 건물의 한 모퉁이에서 상황을 살피며 당황한 마음을 금할 수가 없었다.

언제나 평온하기 그지없던 은하표국에 정체 모를 괴한이 침입하다니?

그리고 그들로 인해 수십 명이 넘는 표사가 선혈을 낭자하게 쏟으며 바닥에 쓰러져 있었다.

아마도 그들 중 반 이상은 절명한 것 같았다.

이한성은 정수리에 신경을 집중하며 침입자들의 모습을 살폈다.

밤이든 낮이든 아무런 상관이 없는 그의 새로운 눈은 금방 표사들과 침입자들을 구분했다.

침입자들은 단번에 알 수 있었다.

그들의 몸에서 자욱하게 피어나는 강렬한 기운!

하나같이 굵고 강렬했다.

그리고 서른 명 전원이 거의 비슷한 수준이었다.

이곳 표사들은 제각각 호흡의 굵기가 달랐다. 그리고 가늘고 약했다. 저런 강렬한 호흡은 총표두 정가진이나 비교가 가능했다.

그만큼 저들 개개인은 고수라는 말이었다.

대체 저들의 정체는 무엇일까?

누구기에 이런 밤중에 담을 넘고 이런 짓을 벌이는 것일까?

궁금증이 불같이 일었지만 지금은 하수린의 안위가 더 급했다.

이한성은 신경을 다른 데로 돌려 하수린을 찾았다.

저쪽에서 두 오빠에 의해 끌려가듯 안으로 들어가고 있었다.

일단은 다행이란 생각이 들었다.

몸도 약한 그녀가 이곳에 있다가는 얼마가지 못해 쓰러질 것이다. 지금도 베어 넘어진 표사들을 보고 제대로 된 걸음을 옮기지 못하며 비틀거리고 있었다.

마음 같아서는 얼른 다가가서 도와주고 싶었지만 그쪽으로 가려면 지금 싸움이 벌어지고 있는 장원을 가로질러야 했다.

무공이라고는 쥐꼬리만큼도 모르는 자신이 전장 가운데로 접근했다가는 순식간에 어육으로 변할 것이다.

다행히 하수린 일행을 쫓는 사람들은 보이지 않았다. 그런 와중에 하수린은 오빠들과 함께 건물 속으로 사라졌다.

이한성은 가슴을 쓸며 천천히 전장 쪽으로 이동했다.

전장의 뒤쪽으로 빙 돌아서 하수린이 들어간 건물로 접근할 생각이었다.


"그럼 어디 명성이 자자한 은하표국 국주의 검을 한번 받아볼까?"

청의복면인이 호승심 가득한 목소리와 함께 검을 들어 올렸다.

우우웅!

복면인의 검이 주인의 마음에 감응되었는지 살기 진득한 검명을 토해냈다.

파앗—

땅을 박찬 복면인의 신형이 순식간에 하유걸을 향해 쇄도해 들었다.

그것은 마치 빨랫줄이 늘어난 듯한 착각을 일으키게 만드는 움직임이었다.

쉬이익—

하유걸도 신속히 신형을 움직이며 검을 휘둘렀다.

그의 검에서도 무거운 기운이 뻗어 나와 대기를 진동시켰다.

"하앗!"

고함과 함께 복면인이 어지러운 초식을 펼치며 그대로 하유걸의 가슴을 잘라왔다.

그 뿌리를 짐작할 수 없는 검식이었다.

잘라오는 것 같으면서도 순식간에 찔러오고 찔러오는 것 같으면서도 어느 순간 횡으로 변하는 난해한 검초였다.

하유걸은 유진문의 독문무공인 풍운십육식의 절초 중 유운승풍(流雲乘風)의 초식을 펼치며 청의복면인의 어지러운 검초에 마주쳐 갔다.

유운승풍은 풍운십육식의 초식 중 그 변화가 복잡하여 상대하기가 까다롭고 공격과 수비를 한꺼번에 할 수 있는 효용을 내포하고 있었다.

청의복면인의 어지러운 검법에 대항하여 하유걸 역시 유운승풍의 초식으로 대항하고 있는 것이다.

휘리릭—

두 자루의 검이 마주치려는 찰나, 청의복면인의 검이 돌연 궤적을 바꾸었다.

순식간에 바뀌는 검초는 하유걸의 가슴 대혈 다섯 곳을 한꺼번에 찔러들었다.

"하앗!"

하유걸도 기합을 지르며 검초를 신속히 변형시켰다.

지금 펼치는 복면인의 검초는 허초와 실초가 절묘하게 배합되어 어느 것이 실초고 어느 것이 허초인지 분간하기 어려웠다. 자칫 허초를 실초로 잘못 알고 덤볐다가는 허방에 빠진 꼴이 되어 뒤이어 찔러드는 실초에 심장을 꿰뚫리고 말 것이다.

하유걸은 신속히 보법을 밟아 신형을 뒤로 빼냈다.

실초와 허초를 확실히 구분할 수 없는 이상 마주치는 것은 위험천만했다. 조금 더 지켜보며 허실을 구별하는 것이 최선이었다.

쉬이익—

하유걸이 신형을 빼내는 사이, 그것을 승기로 이용한 청의 복면인의 검이 더욱 날카롭게 하유걸을 공격하여 들었다.

하유걸은 연신 뒷걸음질을 치며 눈 사이를 좁혔다.

벌써 수십 초를 겨루었지만 복면인의 검법을 짐작할 수 없었다.

어떤 검법인지 알면 놈들의 정체를 조금이나마 가늠해 볼 수도 있을 것 같은데 놈의 검은 여전히 어지럽고 혼란스럽기만 했다.

휘리리릭—

하유걸도 난풍승운에 이어 발운견일(撥雲見日), 운리건곤(雲裏乾坤)의 초식을 연이어 펼치며 복면인의 검초에 마주쳐 갔다.

챙—

쩽강—

불꽃이 사방으로 난무하며 순식간에 십여 합이 나누어졌다.

대부분의 사람은 어떻게 검이 부딪쳤는지도 분간하기 힘들 정도로 빠른 공수의 움직임이었다.

따다다당—

다시 쇳소리가 연이어 터져 나왔다.

"아주 좋아. 역시 명불허전이야!"

자욱한 검명 속에서 복면인의 고함 소리가 들렸다.

그 목소리에는 자신의 목적도 잊은 듯 대결에 몰두하며 신명에 젖은 기운이 가득했다.

다행인 것은 두 사람의 대결을 지켜보며 다른 복면인들은 미동도 않고 서 있었다. 그로 인해 은하표국의 표사들은 부상자들을 챙길 시간적 여유를 가질 수 있었다.

"이런 실력이면 조금만 타협을 해도 중원제일의 표국으로 성장시켰을 터인데 산동에나 주저앉아 있는 것을 보니 다른 속셈이 있는 것인가?"

근 오십 합을 나누고 난 뒤 이마에 흐른 땀을 닦으며 복면인이 말했다.

그의 눈에는 그동안 조금도 기울지 않고 백중세를 이룬 하유걸에 대한 감탄의 빛이 자연스레 흘러나왔다.

"그대는 말로 싸우는 자인가?"

하유걸도 호흡을 가다듬으며 낮게 내뱉었다.

"후후!"

복면인이 다시 웃음을 흘렸다.

잠시 감탄의 빛이 어렸던 그의 눈에 잔인한 색조가 번져 나갔다.

"마음 같아서는 승부가 날 때까지 아무런 방해도 받지 않고 놀고 싶지만 맡은 임무가 그게 아니니 이해하게. 모두 쳐라!"

복면인은 뒤를 돌아보며 들어 올렸던 손을 세차게 내렸다.

"복명!"

잠시 청의복면인의 대결을 관망했던 다른 복면인들이 고함과 함께 앞을 향해 쇄도해 나갔다. 그와 함께 청의복면인도 더욱 세차게 검을 휘둘러 왔다.

"아악!"

"크윽!"

다른 복면인들이 쇄도하자 순식간에 비명이 일며 잠시 멈추었던 피보라가 허공으로 난무했다.

하유걸을 청의복면인의 검을 쳐 내면서도 표사들의 처절한 비명 소리에 자신도 모르게 이를 악물었다.

자신과 복면인의 대결이 길어질수록 표사들의 희생은 늘어날 것이다. 또한 이들의 무공으로 보아 결국에는 표사들이 모두 쓰러지고 자신과 가족들의 생사도 예측이 불가능했다.

'무리를 해서라도 이놈부터 처치해야 한다.'

하유걸은 생각을 굳히며 단전에 남아 있는 기운을 모두 끌어올렸다.

우우웅—

혈맥으로 웅혼한 기운이 대하의 물길처럼 흐르기 시작했다. 그리고 그 기운은 검을 잡은 팔로 세차게 흘러 들어갔다.

"타앗!"

기합과 함께 하유걸이 온 내력을 검에 쏟아부으며 청의복
면인을 몰아쳐 갔다.

"헛!"

청의복면인이 대경하며 미친 듯이 검을 휘둘렀다.

갑자기 두 배는 더 무거워지는 하유걸의 검에 더해, 그 검
에서 시퍼런 검기가 수십 개의 화살처럼 뻗어 나왔기 때문이
다.

파파팡!

폭발음과 함께 청의복면인이 섰던 자리의 땅거죽이 포탄
처럼 터져 올랐다.

"이런!"

자욱한 흙먼지 속에서 청의복면인의 낮은 신음 소리가 들
렸다.

그의 어깨 한곳에서 선혈이 흘러내리고 있었다. 왼쪽 어깨
였기에 망정이지 오른쪽 어깨였다면 검을 떨어뜨릴 만큼의
상처였다.

청의복면인은 급히 혈 몇 군데를 두드려 지혈을 시켰다.

"검기까지 뿌릴 수 있는 수준이었단 말이지?"

지혈이 되자 청의복면인이 이를 갈며 말했다.

잠시의 방심에 어깨에 제법 큰 상처를 입었다.

하지만 그것보다는 자존심에 상처를 입은 것이 더 큰 타격
이었다.

번쩍!

청의복면인의 눈에서 불꽃이 튀었다.

"숨겨놓은 실력이 생각보다 훨씬 더 깊다는 것을 인정하지. 하지만 과도하게 뿌린 진기로 인해 당분간은 제대로 된 실력을 발휘하지 못하겠지."

파앗―

득의의 표정을 한 복면인이 땅을 박차며 허공으로 솟구쳐 올랐다.

단 한 번의 도약으로 이 장 가까이 솟구친 복면인은 태산압정의 수법으로 검을 내려치며 떨어져 내렸다.

우우웅―

복면인의 검에서 무거운 진동음이 일며 시퍼런 빛줄기가 터져 나왔다.

검을 쳐 올려가는 하유걸의 표정이 창백해졌다.

온 내력을 쏟아부어 펼친 검기로 청의복면인을 처치하려 했다. 설사 처치하지는 못하더라도 큰 부상이라도 입혀 회생 불능으로 만들어놓으려 했다. 그러면 그의 부하들은 머리를 잃은 뱀처럼 얼마 가지 않아 무너질 것이다.

그러나 청의복면인은 생각보다 훨씬 더 강했다.

혼신의 힘을 다한 검기를 어깻죽지에 상처를 입는 것으로 막아냈다. 그로 인해 하유걸은 잠시 동안 단전이 텅 빈 것 같은 공허감에 빠질 수밖에 없었다.

그 틈을 노리고 복면인이 태산압정의 수법으로 내려꽂히고 있었다.

콰앙―

하유걸의 검과 청의복면인이 마주친 검에서 포탄이 터지는 듯한 폭음이 울렸다.

검기와 검기가 충돌하며 그 압력이 대기를 진동시킨 것이다.

"으윽!"

"음!"

두 줄기 답답한 신음이 폭음이 지나간 장내를 뒤덮었다.

혼전으로 싸우던 복면인들과 표사들도 불식간에 싸움을 멈추고 두 사람의 대결 결과를 주시했다.

주르르―

하유걸의 입에서 굵은 선혈 한 가닥이 흘러내리고 있었다.

청의복면인 역시 선혈 한 가닥을 물고 있었지만 그 양은 하유걸보다 훨씬 적었다.

"마지막이 가까워졌다. 하앗!"

청의복면인은 단 한 호흡의 휴식과 함께 재차 검을 휘둘러 왔다.

하유걸은 혈맥이 진탕됨을 느끼며 필사적으로 검을 쳐 나갔다.

쨍!

검명이 날카롭게 울리며 하유걸의 검이 궤적을 이탈했다. 그 사이로 청의복면인의 검이 한 치의 망설임 없이 찔러 들었다.

"국주님!"

혼전을 벌이던 삼표두 서관표가 고함을 지르며 청의복면인을 향해 쇄도해 들었다.

쨍강—

서관표의 검이 가까스로 청의복면인의 검을 쳐 냈다. 그러나 그 여파로 인해 서관표의 허리가 훤히 노출되었다.

"죽어!"

서관표를 상대하던 청의복면인이 서관표를 향해 세차게 검을 휘둘렀다.

"크윽!"

서관표가 비명을 토했다.

쩍 갈라진 그의 허리에서 피분수가 터졌다.

내장이 상하지 않았나 걱정이 될 정도로 깊은 상처를 입은 서관표가 비틀거리며 바닥으로 무너졌다.

"삼표두님!"

표사 한 사람이 급급히 서관표를 안아 들며 지혈을 시켰다.

"어서 국주님을 도와라!"

서관표는 자신의 상태는 아랑곳 않고 고함을 질렀지만 이제 반 정도밖에 남지 않은 표사들은 제 목숨을 지키기에도 급급했다.

"후후!"

잔인한 웃음을 머금은 청의복면인이 이제까지와는 전혀 다른 궤적으로 검을 휘둘러 왔다.

순간 하유걸의 눈이 두 배로 커졌다.

'이건?'

하유걸은 청의복면인이 지금 펼치고 있는 검법에서 비로소 그들의 정체에 대해 한 가닥 실마리를 잡을 수 있었다.

그의 검법은 아주 익숙한 것 같으면서도 이질적인 냄새를 풍겼다.

정파무림의 무공에 뿌리를 두고 있으면서도 훨씬 실용적이고 실전적인 초식이었다.

동창(東廠)!

하유걸의 뇌리에 빠르게 스쳐 간 단어였다.

정파무림의 무공에 뿌리를 두면서도 실전적이고 신랄한 초식을 뿌리는 무리들!

지금 청의복면인의 검법은 동창의 고수들이 펼치는 무공과 맥을 같이했다.

동창은 황실의 밀명, 아니, 정확하게 말하자면 황제의 가장 가까운 곳에서 권력을 독점하며 무소불위의 힘을 휘두르는 환관들의 밀명을 받는 조직이었다. 그러기에 그들은 강호 각 문파의 무공마저도 자신들의 것으로 만들 수 있었다.

아무리 강한 문파라 할지라도 황실과 척을 지고는 살아남을 수 없다. 그래서 그들은 음으로 양으로 황실과 공생의 관계를 맺고 비밀리에 고수들을 파견하여 동창에 무공을 전수하기도 하고, 어떤 경우에는 아예 동창에서 활약하는 사람들도 있었다.

그런 연유로 동창의 무공은 정파무림의 무공과 뿌리를 같이 하면서도 실전적이고 실용적으로 발전했다.

그런 실전적인 무공이 청의복면인의 검에서 쏟아지고 있었다.

동창이 왜 이곳에 쳐들어왔는지 궁금증을 가질 새도 없이 하유걸은 필사적으로 검을 휘둘러 청의복면인의 검을 막아갔다.

서걱—

하유걸의 검을 피한 청의복면인의 검이 하유걸의 어깨를 베고 지나갔다.

파아앗—

하유걸의 어깨에서 선혈이 튀었다.

"국주!"

총표두 정가진이 고함을 질렀다.

그 역시 한 명의 복면인을 맞아 악전고투하고 있었다.

유일하게 그와 하유걸만이 일대일로 복면인과 대결을 벌일 뿐 다른 표사들은 다섯 명으로도 한 명의 복면인을 상대하기 힘들었다.

정가진은 필사적으로 하유걸에게 다가가려 했지만 앞을 막은 복면인의 검은 한 치도 그것을 허용하지 않았다.

쉬이익―

다시 청의복면인의 검이 하유걸의 목덜미를 노리며 날아 들었다.

하유걸은 필사적으로 검을 쳐 올렸다.

따앙―

하유걸의 검이 바람에 날린 낙엽처럼 허공으로 튕겨 올랐다. 그리고 그의 입에서 더 많은 선혈이 쏟아졌다.

"이젠 마지막이다!"

하유걸의 검을 튕겨 날려 버린 청의복면인이 차가운 미소와 함께 검을 쳐들었다.

"가야 할 놈은 네놈이다!"

청의복면인이 막 검을 내려치려는 순간, 뒤에서 고막을 후벼파는 듯한 목소리가 들렸다.

청의복면인은 내려치려던 검을 그대로 뒤를 향해 휘둘렀다.

목소리가 들리자마자 단 한 순간의 멈칫거림도 없는, 전광석화 같은 움직임이었다.

따앙―

날카로운 쇳소리와 함께 청의복면인의 검에 무언가가 부

덮쳤다.

청의복면인은 손아귀에 전해지는 은은한 통증을 느끼며 자신의 검을 막은 물체를 쳐다보았다.

검보다는 훨씬 짧고 새끼손가락 굵기 만한 대나무 곰방대!

그의 검을 막고 있는 물체의 정체였다.

청의복면인의 눈이 찢어질 정도로 크게 뜨여졌다.

신형을 회전시키며 그 회전력을 고스란히 실은 검은 바위라도 벨 정도로 강한 역도가 실려 있었다. 그런데 그 검을 가느다란 곰방대 하나가 막아버렸다.

쉬이익—

정신을 차리기도 전에 곰방대가 바람을 가르며 청의복면인의 가슴으로 날아들었다.

가느다란 대나무 곰방대였지만 그 안에 실린 힘은 갈비뼈를 박살 내고 심장마저 터뜨릴 만한 힘이 실려 있었다.

청의복면인은 대경한 표정과 함께 검을 들어 올려 곰방대를 막아갔다.

따당!

다시 청의복면인의 검이 비명을 질렀다.

겨우 곰방대를 쳐 낸 청의복면인이 훌쩍 뒤로 물러났다.

상처를 입어서가 아니었다.

갑자기 전장을 뛰어들어 곰방대 하나로 자신의 검을 철퇴처럼 쳐 내고 몰아붙이고 있는 존재에 대해 파악하고자 함이었다.

"하, 한 노인!"

놀람의 목소리는 하유걸의 입에서 먼저 튀어나왔다.

뒤이어 총표두 정가진과 표사들도 한 노인을 부르며 유령을 본 듯 그를 쳐다보았다.

그동안 마구간이나 돌보며 때로는 쟁자수로 단기 표행을 따라나서기도 했던 한 노인이었다.

언제나 구부정하게 등이 굽은 모습으로 걸음을 옮겼고 무공에 대해서는 일초반식도 모르는 노인이었다.

그런데 그가 자신들로서는 도저히 상대가 안 되는 청의복면인의 검을 곰방대 하나로 막아내고 뒷걸음질을 치게 만들다니?

"한 노인……."

표사 한 사람도 신음처럼 한 노인을 불렀다.

"쯧쯧!"

한조산이 길게 혀를 차며 회한의 표정을 지었다.

너무 늦게 나타난 자신을 탓함인지, 아니면 끝까지 참지 못하고 정체를 드러낸 자신에 대한 자책인지 모를 표정이었다.

"대체 이게 어찌 된……?"

하유걸이 여전히 유령을 본 듯한 표정과 함께 한조산을 향해 중얼거렸다.

"우선 몸부터 추스르시지요."

한조산은 선혈이 낭자한 하유걸의 어깨와 가슴께를 안쓰러운 눈으로 쳐다보며 말했다.

오 년 동안 이곳에 생활하며 느낀 하유걸은 자기 자신에게는 대쪽같이 엄격하지만 아랫사람에게는 언제나 마음 넉넉한 가주였다. 특히 혈육 하나 없이 나이 든 자신에게는 각별히 신경 쓰며 노년이 외롭지 않게 해주었다. 그래서 떠돌이 생활을 청산하고 이곳에 자리를 잡았다.

하유걸에 대한 그런 마음이 다시는 검을 들지 않으리라는 한조산의 굳은 결심을 돌리게 한 것이다.

"어서!"

한조산이 거듭 재촉하자 하유걸은 정신을 차리고 자신의 몸을 살폈다.

어깨는 쩍 벌어져 아직도 피가 솟구치고 있었고, 가슴에는 입으로 토한 선혈이 온통 벌겋게 물들어 있었다.

탁!

타타닥!

하유걸은 급히 어깨의 상처에 지혈을 했다.

정가진을 비롯한 표사들 역시 전투가 멈춘 틈을 타서 상처를 지혈하고 턱밑까지 차올랐던 숨을 골랐다.

"어떤 고인이시오?"

뒤로 훌쩍 물러선 청의복면인이 날카로운 눈으로 한조산을 쳐다보며 물었다.

아직까지도 그의 눈에는 불신의 빛이 넘쳐흘렀다.

은하표국을 습격하기 전에 철저한 사전조사를 했었다. 그 과정에서 국주는 물론, 표사 개개의 무공까지 파악했다.

그런데 이런 고수가 존재한다는 것은 전혀 알지 못했다.

하긴, 주인이나 총표두란 자까지도 전혀 모르고 있는 것 같으니 말해 무엇하랴!

"그러는 네놈들은 어떤 잡종들이냐?"

한조산은 대답 대신 복면인들을 한번 쭈욱 돌아보며 되물었다.

생전 처음 대하는 험구에 청의복면인의 볼살이 복면 속에서 부르르 떨렸다. 반면 한조산의 시선을 받은 다른 복면인들은 어깨 한곳이 바늘에라도 찔린 듯 몸을 움찔거렸다.

그만큼 한조산의 안광은 위압적이었던 것이다.

"하하!"

청의복면인이 가볍게 웃었다.

부하들이 느끼는 압박감을 누그러뜨리기 위한 과장된 웃음이었다.

그의 의도대로 공력이 들어간 웃음소리에 온몸이 경직되던 부하들이 흠칫 신형을 추슬렀다.

"어차피 서로의 정체에 대해서 알려줄 수는 없는 처지, 검을 섞어보면 알 수도 있겠지."

안광을 빛낸 청의복면인은 검을 한 바퀴 휘리릭 돌렸다.

청의복면인의 검에 묻은 핏물이 원을 그리며 흩뿌려졌다.

그 핏물이 한조산의 시야를 순간적으로 가린다고 생각되는 순간, 청의복면인이 비호처럼 앞으로 쏘아져 나갔다.

순식간에 앞으로 쏘아져 나가는 그의 모습은 흡사 화살을 방불케 했다.

시위를 떠났다 싶은 순간 표적을 꿰뚫는 화살처럼 청의복면인의 검이 한조산의 가슴을 뚫는 것 같았다.

그러나 그것은 대부분 사람들의 착각일 뿐 한조산의 신형은 어느새 두어 자쯤 옆에 서 있었다.

쉬이익—

청의복면인의 검이 허공을 가른 순간, 한조산의 공방대가 파공음을 내며 청의복면인의 가슴을 때려갔다.

회심의 일격이 수포로 돌아가며 도리어 역습을 받은 청의복면인이 대경한 표정과 함께 검을 쳐 올렸다.

땅!

검이 마치 바위라도 두드린 양 비명을 토했다.

대신, 검을 막은 곰방대는 독사등주(毒蛇騰柱)의 수법으로 청의복면인의 검을 타고 오르며 손목을 쳐 갔다.

청의복면인이 검을 세차게 흔들며 곰방대를 쳐 냈다.

'헛!'

청의복면인은 경호성을 삼켰다.

독사등주의 수법으로 타고 오르는 곰방대가 마치 사슬이라도 된 듯 검을 옭아매어 검을 제대로 휘두를 수도 없었고, 아교에 붙인 것처럼 밀거나 뽑는 것도 불가능했다.

타다닥!

한 마리 뱀처럼 검신을 타고 오른 한조산의 곰방대가 청의복면인의 손목과 팔목을 동시에 두드려 왔다.

당연히 검을 놓고 몸만 빼야 할 상황이었지만 청의복면인은 오히려 더 빠르게 한조산의 가슴을 향해 검을 찔러 넣었다.

"뼈대가 굵은 놈이로군!"

청의복면인의 손목을 두드려 가던 곰방대를 뺀 한조산은 한소리 비아냥거림과 함께 곰방대를 어지럽게 흔들었다.

한 개의 곰방대가 순식간에 수십 개로 변하며 청의복면인의 가슴 대혈들을 노리고 들었다.

찌르거나 두드리는 곰방대 끝에 도사린 기운이 한 자 두께의 석판도 깨뜨릴 만큼 강맹했고 세 치 두께의 철판도 뚫을 만큼 날카로웠다.

파아앗―

청의복면인은 양 발끝으로 땅을 세차게 박차며 훌쩍 뒤로 물러섰다.

그 사이로 다른 복면인들이 모여들며 청의복면인의 앞을 막아섰다.

"정말 놀랄 만한 수준이오. 안계를 넓힌 것 같소."

청의복면인은 두 번이나 뒤로 물러나 금이 간 자존심을 되찾기라도 할 듯 과장된 몸짓과 함께 목을 이리저리 돌렸다.

단 한 번의 격돌에서 상대가 안 된다는 것을 느꼈지만 그것을 표시내면 부하들의 사기가 떨어진다. 그것을 막기 위해 청의복면인은 허세를 부린 것이다.

"가소로운 놈!"

조소 어린 목소리와 함께 한조산은 곰방대를 허리에 찔러넣은 후 바닥을 향해 손을 뻗었다.

우우웅―

무거운 진동음이 일며 바닥에 뒹굴고 있던 주인 잃은 검 한 자루가 깃털처럼 날아올라 한조산의 손바닥 안으로 빨려들었다.

내공이 일 갑자를 넘지 않고는 펼칠 수 없는 가공할 격공섭물의 수법이었다.

휘이익―

손에 들린 검의 무게를 가늠하듯 한조산도 검을 한 바퀴 돌렸다.

"좋군!"

한조산은 자신의 손에 들린 검을 쳐다보며 감회 어린 표정을 지었다.

하급 표사가 차고 다니던 평범한 철검이었다. 그러기에 한조산의 감탄은 결코 검의 재질에 있는 것이 아니었다.

평생을 함께하던 한 자루의 검!

애써 멀리하며 십 년 가까이 잡지 않았던 그 검을 다시 쥐게 되자 온몸의 피가 폭주하듯 혈관을 질주했고, 식어 있던 심장이 전속력으로 달리는 경주마의 심장처럼 요동쳤다.

그 터질 듯한 감흥의 지금 한조산의 표정에 고스란히 드러나고 있었다.

주춤!

한조산과 가장 가까이에 있던 복면인 하나가 자신도 모르게 뒷걸음질을 쳤다.

검을 손에 쥐자 한조산의 모습은 또 한 차례 변모하며 전혀 다르게 느껴졌다.

곰방대로 청의복면인을 몰아칠 때는 그래도 초로인의 모습이 남아 있었다. 그러나 한 자루 검을 손에 쥐자 구부정하던 노인의 모습은 바람에 흩어지는 연기처럼 사라져 버렸다. 대신 그 자리에는 한 자루의 검으로 태산이라도 자를 듯한 일대종사의 기운을 풍기는 거인 한 사람이 서 있었다.

'위험하다.'

청의복면인은 거듭 변모하는 한조산을 바라보며 강한 위기감을 느꼈다.

그것은 본능적인 것이었다.

동창에 몸담으며 발달할 대로 발달한 감각이 지금 최고조의 경종을 울리고 있었다.

임무만 아니라면 삼십육계 줄행랑을 놓고 싶었다.

본능은 강하게 그것을 요구하고 있었지만 특급 비밀 임무라는 사명이 발길을 붙들었다.

"나 자신과의 약속을 어긴 벌로 네놈들에게 한 가닥 자비를 베풀겠다. 셋을 셀 시간을 주지. 그 안에 사라지면 쫓지는 않겠다. 하나!"

한조산은 비스듬히 내린 검을 조금 들어 올리며 복면인들을 노려보았다.

"개소리!"

복면인 하나가 고함을 질렀다.

"둘!"

복면인의 고함에 아랑곳없이 한조산은 수를 헤아렸다. 그러나 복면인들은 단 한 사람도 물러나지 않고 오히려 포위망을 좁혀들었다.

"셋!"

마지막 숫자를 셈과 동시에 한조산의 눈에서 번쩍 하고 불길이 일었다. 그것은 깊은 동굴 속에서 마주친 맹수의 눈빛보다 더 맹렬했다.

슈아악!

비스듬히 내렸던 검을 들어 올리는가 싶었는데 무지막지한 기운이 포위망을 조여오던 복면인들을 덮쳐갔다.

이미 한조산의 몸에서 풍기는 엄청난 기도에 최대한의 경각심을 끌어올리고 있던 복면인들이 신속히 검을 휘두르며 밀려오는 기운들을 잘라갔다. 그러나 강력한 노도를 한 자루 검으로 막을 수 없듯이 앞에 선 복면인 세 명의 검이 산산조각 나며 동시에 가슴이 쩍 갈라져 피분수가 튀어 올랐다.

"크윽!"

"아아악!"

처절한 비명 소리가 피비린내와 함께 터져 나왔다.

파아앙—

다시 한조산의 검이 포효를 토했다.

이번에는 왼쪽에서 달려드는 복면인들을 향해 시퍼런 검기가 쏟아졌다.

허공으로 몸을 띄운 채 한조산을 향해 달려들던 두 명의 복면인이 육편이 되어 떨어져 내렸다.

"하앗!"

한조산이 두 명을 도륙하는 사이, 그 틈을 노린 다른 복면인이 비호처럼 달려들었다.

"홍!"

한조산이 냉소와 함께 검을 들지 않은 좌장을 쭈욱 뻗었다.

퍼엉—

한줄기 강력한 장력이 한조산의 좌장에서 쏟아졌다.

저돌적으로 뛰어들던 복면인인 폭포수 같은 피를 토하며 뒤로 튕겨 나갔다.

가슴 어림이 푹 꺼진 것으로 보아 갈비뼈가 왕창 무너지고 심장 역시 파열되었음이 분명해 보였다.

파앗—

이제껏 그 자리에서만 검을 휘두르던 한조산이 발끝으로 땅을 박찼다.

쉬이익—

한조산의 신형이 빨랫줄처럼 앞으로 쏘아졌다.

"피해!"

몇 명의 복면인이 다급성을 질렀지만 그것은 그들이 이승에서 내뱉는 마지막 고함이 되고 말았다.

쿵!

쿵!

목이 떠오르고 가슴이 갈라진 복면인들이 통나무 쓰러지듯 바닥으로 쓰러졌다.

흔들!

그 자리에서 다시 사라진 한조산의 신형이 이 장 정도 오른쪽에서 유령처럼 솟아올랐다. 흡사 귀신같은 움직임이었다.

휘이익!

한조산의 검이 다시 귀곡성을 토했다.

복면인들이 공포에 질린 눈을 한 채 검을 마주 휘둘러 갔다.

쇳소리가 콩을 볶듯 동시에 울리며 한조산의 검에 마주친 검들이 모조리 허공으로 튕겨 올랐다. 그 사이로 한조산의 검이 추호의 망설임 없이 스며들었다.

"비켜라!"

한발 물러서 한조산의 정체를 탐색하던 청의복면인이 더 이상 관망하지 못하고 튀어나왔다.

아무리 해도 부하들의 실력으로는 한조산의 정체를 이끌어낼 만한 상황을 만들지 못했다. 또한 한조산에게서 한 점의 빈틈도 만들어내지 못했다. 오히려 일방적인 도륙만 당할 뿐이었다.

"여우 같은 놈!"

한조산이 한참 동안 관망하다 뛰어든 청의복면인을 향해 비아냥을 던지며 검을 휘둘렀다.

쉬익—

검이 다가들기도 전에 막강한 압력이 몰려왔다. 그 압력에 검초가 흔들리면 죽은 목숨이다.

청의복면인은 팔성의 공력을 쏟아부으며 검을 쳐 올렸다.

광—

검과 검이 부딪친 곳에서 쇳소리가 아닌 폭음이 터졌다.

검이 부딪치기 전에 검에서 쏟아진 기운들이 먼저 부딪치며 대기를 진동시켰기 때문이다.

기운과 기운이 부딪치고 그 실체인 검이 부딪치려는 찰라 청의복면인은 검을 강하게 비틀었다.

파아앗—

청의복면인의 검이 상궤를 벗어난 검초를 펼치며 한조산의 가슴을 노리고 들었다.

최근 흑도의 무공비급을 통해 익힌 검초였다.

일반적인 강호인이라면 사마외도로 몰릴 것이기에 익히기를 극도로 꺼려할 수법이었지만 동창에서는 그런 것은 암수로 전해졌다.

갑자기 변한 청의복면인의 검초에 한조산의 이마가 찌푸려졌다.

"고얀!"

일갈과 함께 한조산이 세차게 검을 휘둘렀다.

슈아악!

한조산의 검에서 한 폭의 그물이 쏟아지는 듯한 착각이 들며 청의복면인의 암수를 모조리 감싸갔다.

째째째쟁—

청의복면인의 악랄한 암수가 모조리 차단되며 검에서 불똥이 튀었다.

"당신은?"

암수가 너무나 쉽게 차단당한 청의복면인이 두 눈을 크게 뜨고 한조산을 쳐다보았다.

그의 두 눈이 의혹과 공포감으로 물이 들어갔다.

"당신은… 청해마검(靑海魔劍)?"

잠시 동안 한조산을 쳐다보던 청의복면인이 신음처럼 중얼거렸다.

그러나 그 소리는 한조산이 내뿜는 기운에 의해 차단되어 다른 사람에게는 들리지 않았다.

별호에 어떤 지역의 명칭이 붙는 것은 결코 흔한 일이 아니다.

그런 경우 그 명칭을 일컫는 지역에서는 그가 독보적인 존재라는 말이기 때문이다. 또한 그 명칭의 지역이 넓을수록 그런 별호를 얻기는 쉽지 않다.

청해마검!

그 별호만 따져 본다면 넓디넓은 청해성에서 마검으로는 따를 자가 없는 사람이란 말이다.

한조산의 정체가 한 꺼풀 벗겨지며 세상에 드러나는 순간이었다.

청해마검은 이미 십여 년 전에 사라진 별호였다.

그리고 청해성에서 공포의 대명사로 여겨지던 별호였다.

"당신이 어떻게?"

청의복면인이 하얗게 질린 표정과 함께 물었다.

"사내도 계집도 아닌 인간들 발바닥이나 핥고 사는 놈들에게 시시콜콜 알려줄 이유가 없지."

한조산은 힐난 가득한 표정으로 대꾸했다.

그의 말을 미루어보아 한조산은 이미 복면인들의 정체를 꿰뚫고 있음이 분명했다.

"우리 정체를… 알았다면……."

청의복면인이 목소리에 조금 힘을 주며 말했다.

동창의 위명을 빌어 한조산을 압박하고자 하는 의도였다.

대명제국 지배하에서는 누구든 동창의 이름을 듣고 목을 움츠리지 않을 수 없었다. 어떤 세가도 그랬고, 더 나아가 명성이 하늘에 맞닿은 구파일방도 마찬가지였다. 그러기에 아무리 청해마검이라도 별수 없을 것이라 생각했다. 그렇게 한수 접어주고 들어온다면 판세를 역전시킬 수 있는 것이다.

"그따위 고자 놈들이 무서웠다면 애초에 나서지도 않았다."

청의복면인의 바람과는 달리 코웃음을 친 한조산이 다시 검을 비스듬히 아래로 내렸다.

아까는 그것이 단순한 자세로 보였지만 이젠 절대 그렇지 않았다.

지금 한조산의 자세는 그의 독문검법인 마라십이검(魔羅十二劍)을 펼치기 위한 기수식이었다.

마라십이검은 한 자루의 검이 마치 악마의 그물인 듯 온 사방을 덮쳐오는 검초였다. 그 속에 휘말리면 바람조차 새어 나갈 수 없다고 했다.

청해마검은 종적을 감출 때까지 마라십이검의 십이초식 중 팔 초식 이상은 펼치지 않았다고 알려졌다.

그가 팔초식을 펼친 것은 십이 년 전, 신강 땅의 패자이던 흑호문(黑虎門)의 문주 강태진(姜台珍)과의 대결에서였다.

흑호문은 당시 신강 땅에서 구파일방에 버금가는 세력을 키운 흑도의 문파로 문주 강태진은 종남 장문인과의 대결에서도 승부를 가리지 못할 정도의 실력을 가진 절정고수였다.

어떻게 해서 청해마검 한조산과 강태진이 대결을 벌였는지 모르겠지만 그 대결에서 강태진은 마라십이검 팔 초를 받아내지 못하고 무릎을 꿇었다고 했다.

강태진은 그때 온 천지를 뒤덮어오는 한조산의 검초에 전신을 난자당하고 다시는 검을 잡을 수 없는 몸이 되고 말았다.

일대일의 정정당당한 대결이었지만 문주가 패하고 나자 흑호문의 문도들은 분기를 이기지 못하고 한꺼번에 한조산을 향해 덮쳐들었다.

그러나 결과는 참혹했다.

한조산의 검에 흑호문의 핵심 고수들은 거의 죽거나 팔다리가 모조리 잘려 나가는 부상을 입고 전력의 반 이상을 잃고 말았다.

그 후 흑호문은 쇠망의 길을 걸어 신강 땅 패자 자리를 내어주고 지금은 군소방파 정도의 세력만 유지하고 있다.

그 악마적인 검초가 지금 펼쳐지려는 순간이다.

우우웅―

한조산의 검에서 섬뜩한 검명이 울려 나왔다.

가만히 들고만 있는데도 그의 검은 피 냄새를 맡은 맹수처럼 발광을 하고 있었다.

후두둑―

한조산의 검첨에서 뻗어 나온 기운이 땅거죽을 균열시키며 허공으로 튀어 오르게 했다. 그만큼 엄청난 내력이 검에 스며들어 있다는 반증이었다.

'어렵다!'

청의복면인은 죽음의 그림자를 느끼며 침을 삼켰다.

긴장으로 마른 목이 타는 듯 아팠다.

동창의 당두(當頭)로 살아오며 그동안 거칠 것이 없었다.

권력은 물론, 무공에 있어서도 누구에게 밀려본 적이 없었다.

황제로부터 인정받은 무소불위의 권력으로 아무리 세도가 높은 고관대작이라 해도 하루아침에 역적으로 몰아 육친구족을 멸할 수도 있었다.

또한 동창 비고에 무수히 쌓여 있는 강호 제 문파의 무공을 섭렵함으로써 절정을 바라보는 고수가 되었다.

동창의 일백 당두 중 서열 십 오위인 조염(趙廉)은 그동안 그야말로 걸어다니는 저승사자였다.

그런 그가 지금 더 무시무시한 저승사자 한조산과 마주하며 뱀 앞의 개구리처럼 긴장하고 있었다.

"아까 부렸던 허세는 어디로 갔느냐?"

한조산이 잔뜩 긴장하고 있는 조염을 향해 내뱉었다.

조염의 얼굴이 복면 안에서 구겨졌다.

한조산의 정체가 청해마검이라는 것을 알고 나서부터 불식간에 두려움을 느끼고 있는 것을 간파당했기 때문이다.

"글쎄. 내가 몸담은 조직은 그런 허세가 필요 없다는 것을 당신도 잘 알 텐데."

조염은 다시 동창의 위명을 등에 업고자 했다.

그러나 그건 여전히 통하지 않았다.

"그럼 어디 그 고자 놈들의 이름으로 내 검을 막아보거라."

조소 어린 목소리와 함께 한조산이 한 발을 앞으로 내밀었다.

단순한 동작이었지만 조염에게는 거대한 산사태가 덮치는 느낌이었다.

한 발을 슬쩍 내미는 것 같았는데 한조산의 몸은 거대한 폭풍이 되어 조염을 덮쳐들었다.

조염이 기합성과 함께 검을 휘둘러 갔다.

쉬이익—

조염의 검이 순식간에 수십 개의 환영을 펼쳐냈다.

그물처럼 덮쳐드는 마라십이검에 대항하기 위한 환검이었다.

그러나 조염이 아무리 환검을 펼친다 한들 악마의 그물이라 일컬어지는 마라십이검을 능가할 수 없었다.

치치치치칭!

조염이 뿌린 환검의 검기가 마라십이검의 그물망에 모조리 걸리며 흩어졌다. 그리고 그 사이로 마라십이검의 그물망이 덮쳐들었다.

"크윽!"

허리 한곳이 길게 갈라진 조염이 신음을 흘렸다.

검에 베어진 상처에서 느껴지는 고통도 극심했지만 그보다는 검신을 통해서 손목으로, 팔로, 심장으로 스며드는 불길 같은 진기가 온 혈맥을 터뜨려 버릴 것 같았다.

울컥!

조염이 마침내 한 종지도 넘는 선혈을 토했다.

"당, 아니, 대주!"

뒤에 선 부하 하나가 급히 청의복면인을 부축했다.

딱 벌어진 어깨를 한 건장한 복면인이었다.

상황에 따라 조염을 대신하여 다른 복면인들을 지휘하는 그는 동차의 번역(番役)인 정만기(鄭萬技)였다.

그가 조염을 당두 대신 대주라 부른 건 정체를 숨기기 위해 꾸민 명칭이었다.

"쿨럭! 쿨럭!"

격심한 기침과 함께 조염은 다시 한 사발도 넘는 선혈을 토했다. 그리고는 눈을 까뒤집으며 쓰러졌다.

"대주님!"

정만기가 급히 조염의 허리 부근을 지압했다.

상처는 치명적이지 않았지만 한조산의 검기에 당한 내상이 생각보다 큰 모양이었다.

"한꺼번에 상대한다!"

정만기가 부하들을 보고 고함을 질렀다.

휘익—

휙!

장원에 있던 복면인들이 모조리 한조산을 에워쌌다.

담장 위에서 포위망을 형성하던 복면인들도 모조리 날아 내려 한조산을 포위하는 동료들의 움직임에 가세했다.

지금은 포위망이 문제가 아니었다.

청해마검이라는 절대강자를 마주하여 그를 처치하지 못하면 오늘의 일이 수포로 돌아간다. 그렇게 되면 특급 비밀 임무를 수행하지 못한 가혹한 처벌을 받을 수밖에 없다.

아무리 동창이라지만 경우에 따라 임무를 수행하지 못할 수도 있다. 그러나 특급 비밀이라는 등급이 부여된 임무는 절대로 실패해서는 안 된다.

또한 동창이 개입했다는 사실이 노출되어서도 안 된다.

그래서 동창이라는 막강한 힘을 가진 신분임에도 불구하고 그 신분을 감추고자 복면을 했다.

그만큼 비밀스런 임무이기에 실패하면 그 비밀을 지키기 위해 임무에 투입했던 존재들을 오히려 말살시킬 수 있다.

그런 사실을 누구보다 잘 알기에 복면인들은 오로지 한조산의 처치를 최우선의 목표로 삼고 그를 철통같이 에워싸고 있었다.

"불나방들!"

모조리 자신을 포위하고 서서히 조여오는 복면인들을 보며 한조산은 차갑게 내뱉었다.

"쳐라!"

정만기가 고함을 질렀다.

고함과 함께 흑의복면인들이 오소리를 향해 달려드는 벌떼처럼 한조산을 향해 날아들었다.

복면인들을 보며 한조산이 천천히 검을 그어 올렸다.

비호처럼 달려드는 복면인들의 움직임에 비해 너무도 대조적인 느린 움직임이었다.

그런 느린 움직임으로는 복면인들은 고사하고 삼급표사들

도 제대로 막지 못할 것 같았다.

그러나 어느 순간!

파아앙—

고막을 찢을 듯한 파공음과 함께 느리디 느리게 그어 올리던 한조산의 검에서 시퍼런 섬광이 뻗어 나왔다.

눈이 부시거나 어둠을 완전히 밀어내는 양광 같은 빛이 아니었다.

깊이를 알 수 없는 호수의 물처럼 시퍼런 색감의 빛줄기였다.

그 빛줄기가 그물처럼 사방으로 퍼져 나갔다.

실로 악마적인 검초였다.

마도인도 아닌 한조산이 왜 마검으로 불리는지 이해가 갔다.

그물이 덮쳐지듯 사방팔방을 뒤덮으며 조여오는 검기는 단 한 곳도 빈틈을 찾을 수 없었다.

"피해!"

누군가 발작적으로 고함을 질렀다.

그러나 고함을 지른 당사자 자신부터 피하지 못하고 고함을 끝맺지도 못한 상태로 가슴이 쩍 갈라지며 바닥으로 나뒹굴었다.

"아악!"

"크윽!"

비명 소리가 난무하며 선혈들이 허공으로 솟구쳤다.

순식간에 열 명도 넘는 복면인이 몸이 분리된 채 바닥으로 나뒹굴었다.

단 한 번의 단순한 검격에 의한 결과치고는 너무 엄청났다.

피비린내가 자욱한 공간 속에서 한조산이 다시 검을 비스듬히 내렸다.

마라십이검의 악마적인 검초가 다시 펼쳐지려 하는 것이다.

"으, 으!"

자신도 모르게 신음을 흘린 복면인들이 주춤거리며 뒷걸음질을 쳤다.

이젠 열 명 정도밖에 남지 않은 그들은 전의를 완전히 상실해 있었다.

그동안 동창에서 혹독한 훈련을 받았지만 너무나 강한 상대 앞에서는 아무 소용이 없었다.

第三十二章

명재경각〈命在頃刻〉

'대체?'

정원수 뒤에 몸을 숨긴 채 한조산의 움직임을 관조하던 이한성은 벌어진 입을 다물지 못했다.

하수린이 사라진 건물 쪽으로 가려다가 전장에서 터져 나오는 엄청난 기운들에 막혀 더 이상 전진 못하고 나무 뒤에 서 있었지만 모든 움직임이 훤히 느껴졌다. 그렇게 눈이 아닌, 정수리에서 느껴지는 감각으로 쳐다보고 있음에도 불구하고 한조산의 움직임은 제대로 따라 잡을 수가 없었다.

만약 그런 움직임을 눈으로 쫓으려고 한다면 그 자리에서 사라졌다가 다른 곳에서 번쩍 솟아나는 것으로밖에 보이지 않을 것이다. 그것도 밝은 대낮에나 가능한 것이지 지금처럼 어두운 곳이라면 도저히 쳐다볼 수 없을 것이다.

정수리의 눈으로 느껴지는 그의 움직임은 마치 붉은 바람이 긴 꼬리를 달고 무시무시한 속도로 쏟아지는 것 같았다.

또한 그의 검에서 쏟아지는 엄청난 기운들!

어떻게 저런 기운이 인간의 몸에서 쏟아질 수가 있을까 믿어지지 않을 정도였다.

검에서 쏟아지던 그 기운은 언젠가 아랫마을 저잣거리 대장간에서 보았던 그 불길과 비슷했다.

풀무질과 함께 활활 타오르던 불길은 붉은색을 넘어 시퍼렇게, 더 나아가서는 하얗게 변했다.

그런 불길에 닿으면 단단하기 짝이 없던 쇠막대기도 금방 벌겋게 변하고 나중에는 불길의 색깔처럼 새하얗게 변하며 흐물거린다. 대장장이들은 그때 망치로 쇠를 두드려 호미도 만들고 팽이도 만들었다.

쇠도 녹여 버리던 그 새하얀 불길 같은 기운에 휩싸인 침입자들은 검이 몸에 닿지도 않았는데 팔다리가 잘리거나 몸통이 갈라지며 한꺼번에 바닥으로 나뒹굴었다. 이제 열 명도 남지 않았으니 한조산이 한 번만 더 검을 휘두르면 모두 쓰러질 것 같았다.

이한성은 정수리에 신경을 집중하여 우두머리로 보이는 사내를 찾았다.

한조산의 검에 당해 쓰러진 우두머리 사내는 여전히 바닥에 드러누워 있었다.

그런데?

우두머리 사내의 호흡이 심상치 않았다.

정신을 잃고 쓰러져 있는 사내의 호흡이 조금도 약해지지 않고 지극히 정상적이었다.

바닥에 쓰러진 사람들은 침입자건 은하표국 표사들이든 간에 모두 불규칙적이고 미약했지만 우두머리 사내의 호흡은 멀쩡한 몸으로 싸울 때와 조금도 다르지 않았다. 오히려 서서히 호흡이 강해지고 있었다.

그것은 한조산이 검을 비스듬히 내리고 그 검을 통해 엄청난 기운을 폭발시키기 직전의 호흡과 흡사했다.

저건 절대로 정신을 잃고 쓰러진 사람의 호흡이 아니었다.

우두머리 사내는 정신을 잃은 척하며 무언가 꾸미고 있는 것이 분명했다.

'한 노인!'

이한성은 강한 경각심을 느끼며 한조산에게 신경을 돌렸다.

한조산은 뒷걸음질을 치며 도망갈 틈을 노리고 있는 침입자들을 마저 도륙하기 위해 한걸음씩 앞으로 옮기고 있었다.

'안 돼!'

이한성은 속으로 고함을 질렀다.

침입자들이 도망을 치려는 방향은 우두머리 사내가 쓰러져 있는, 아니, 쓰러진 척하며 암암리에 기운을 끌어올리고 있는 방향이었다.

우두머리 사내의 몸에서 피어오르는 색조가 조금 더 강렬해졌다. 그러나 지극히 느리게 끌어올리고 있었기에 한조산도 아직 알아차리지 못하는 것 같았다.

휘익—

침입자들이 신형을 돌려 도망치기 시작했다.

그들을 따라 한조산도 신속히 경공을 펼쳤다.

"위험해요!"

이한성은 자신도 모르게 고함을 치며 한조산에게로 뛰어갔다.


"헛!"

도망치려는 복면인들을 모조리 도륙하기 위해 놈들을 쫓아가던 한조산은 갑자기 정원수 뒤에서 튀어나오는 이한성을 보고는 다급성을 터뜨렸다.

눈도 보이지 않는, 아니, 보이지는 않지만 그래서 오히려 더 많은 것을 보고 있는 녀석이었다. 그런 녀석이 이렇게 무모하게 전장으로 뛰어드는 것은 천만 뜻밖이었다.

만약 도망치는 놈들이 검이라도 휘두르면 이한성의 몸은 단번에 두 동강이 날 터였다.

"이런 미친 놈!"

한조산은 급히 땅을 박차며 복면인들을 쫓아가려는 방향을 바꾸어 이한성에게로 몸을 날렸다.

그 순간!

콰아앙!

복면인들을 쫓아 신형을 날아가려던 방향에서 엄청난 폭음이 일었다.

장력을 터뜨리거나 검기를 폭사시켜 나는 굉음이 아니었다.

화탄이었다.

그것도 보통 화탄이 아닌, 친천뢰나 벽력탄이 터져야 나올 수 있는 폭음이었다.

폭음과 함께 순간적으로 시력을 무력화시킬 정도의 섬광이 터져 나왔다.

'우웃!'

한조산은 급히 내력을 끌어올리며 신형을 틀었다.

폭발의 여파가 아슬아슬하게 옆으로 스쳐 지나갔다. 그럼에도 불구하고 겉옷이 타들어가는 매캐한 냄새가 후각을 자극했다.

파아앙—

화탄의 폭음과 함께 또 다른 폭음이 터졌다.

그것은 장력이 터지며 나오는 폭음이었다.

평소라면 섬뜩한 느낌과 함께 고막을 후벼팠겠지만 화탄
의 폭음에 묻혀 착각인 듯 미약하게 들렸다.

만약 방향을 틀지 않고 도주하는 놈들을 쫓아갔다면 절대
로 들을 수 없는 음향이었다. 아니, 방향을 틀지 않았다면 진
천뢰로 짐작되는 화탄의 폭발에 고스란히 휩쓸려 들을 기회
조차 없었을 것이다.

"하앗!"

한조산은 거의 무의식적으로 검을 휘둘렀다.

파아앙—

짐작대로 엄청난 위력의 장력이 검기와 충돌하여 땅거죽
이 터져 올랐다.

"교활한 놈!"

한조산은 담을 넘어 도주하고 있는 조염을 보며 수염을 부
르르 떨었다.

의식을 잃고 쓰러진 척하다가 빈틈을 노려 화탄과 장력을
터뜨린 교활하고 악독한 놈이었다.

놈이 던진 화탄에 놈의 부하들도 모조리 몰살됐다.

놈은 살아남은 부하들마저 모두 희생시키며 목적을 수행
하려 한 독사 같은 인간이었다. 저런 인간은 살려놓으면 두고
두고 패악을 끼칠 것이다.

기필코 처단해야 할 놈이었다.

쌔애액—

한조산에 손에 들린 검이 무시무시한 파공음을 토하며 허공을 날았다.

순식간에 십 장가량의 공간을 격한 검은 막 담을 넘고 있는 조염의 목을 향해 날아들었다.

경악으로 입을 딱 벌린 조염이 필사적으로 상체를 틀었다.

파앗—

사력을 다한 조염의 노력 끝에 한조산의 검은 조염의 목이 아닌 어깨 어림을 할퀴며 날아갔다.

"크으윽!"

조염이 억눌린 신음을 토했다.

어깨 아래쪽과 함께 왼쪽 팔이 떨어져 바닥을 굴렀다.

한조산의 무시무시한 비검술에 겨우 목은 건졌지만 그 대신 팔을 잃은 것이다.

피분수가 솟구치며 불에 데인 듯한 통증이 몰려왔다.

바닥으로 내려선 조염은 이를 악물며 지혈을 시켰다. 그리고 동시에 땅을 박찼다.

실로 초인적인 의지였다.

지독한 고통마저 도외시한 채 오직 살아야겠다는 원초적 본능이 그의 육신을 떠받치고 있었다.

휘익—

조염의 신형이 다 지혈시키지 못한 피를 뿌리며 어둠 속을 쏘아져 갔다.

"기필코 죽이겠다."

호흡을 한 번 고른 한조산은 맹수처럼 으르렁거렸다.

자신이 던진 검에 조염의 팔이 잘려 나가는 것을 확인했다.

제아무리 악독한 놈이라도 저런 상태에서는 제대로 경공을 펼치지 못한다.

그랬다간 상처에서 터져 나오는 피가 배로 많아지며 죽게 될 것이다.

숨 몇 번 내쉴 시간이면 따라잡아 처치할 수 있다.

한조산은 발끝에 내력을 실었다.

"한 노인!"

한조산이 막 땅을 박차려는 순간 하유걸이 발작적으로 고함을 질렀다.

한조산은 주춤하고 발끝에 실었던 내력을 흩으며 고개를 돌렸다.

하유걸이 이한성을 안아 들고 있었다.

축 늘어진 이한성의 입에서는 연신 선혈이 흘러내리고 있었다.

'이, 이놈!'

한조산은 가슴이 덜컥 내려앉는 심정에 신음을 삼켰다.

악독한 조염을 쫓아가서 기필코 처단해야 한다는 생각에 이한성을 잊은 것이다.

눈은 보이지 않지만 누구보다 상황을 정확히 파악하고 있

을 놈이 막무가내로 가운데로 뛰어드는 모습에 기절초풍할
듯 놀랐는데 이젠 그 이유를 확연히 알 수 있었다.

만약 그 순간 이한성이 고함을 치며 뛰어들지 않았더라면
한조산 자신은 악독한 놈이 터뜨린 벽력탄에 휘말리며 큰 낭
패를 당했을 것이다.

무의식적으로 반탄강기가 일어 그 지옥 같은 벽력탄의 불
길은 감당했다 할지라도 벽력탄의 폭발음 속에 숨어서 터져
나온 놈의 장력은 막지 못했을 것이다.

벽력탄의 화마에 휩쓸렸든, 놈의 장력에 격중당했든 간에
둘 중 하나라도 걸렸다면 그다음으로 놈의 검이 목을 향해 날
아들었을 것이다.

그 절체절명의 순간에 이한성이 고함을 치며 뛰어들어 자
신의 목숨을 구했다.

보이는 눈보다 훨씬 더 정확하고 무서운 능력을 가진 눈으
로 녀석은 악독한 그놈의 움직임을 환히 읽고 있다가 뛰어들
어 자신을 살렸다.

"이리 주시오!"

한조산은 얼른 달려들어 하유걸의 품에서 이한성을 안아
들었다.

"이런!"

한조산은 탄식을 토했다.

기식이 지극히 불규칙했다.

더 나아가 언제 끊어질지 모를 정도로 미약했다.

위험을 무릅쓰고 뛰어들다가 조염이 날린 장력에 휩쓸린 것이 틀림없었다.

비록 정통으로 휩쓸리지는 않은 것 같았지만 무공이라고는 모르는 아이가 그 악독한 장력에 휩쓸렸으니 죽지 않은 게 이상한 일이었다.

타다닥!

한조산은 급히 이한성의 가슴 혈들을 두드렸다.

탁!

한조산의 손끝에 이질적이 감촉이 느껴졌다.

사람의 피부가 아닌 돌처럼 딱딱한 느낌이었다.

한조산은 즉시 이한성의 옷섶을 여미고 그것을 살폈다.

손바닥만 한 철패였다.

언뜻 보기에도 그것은 이름난 가문이나 범상치 않은 사람의 신분을 나타내는 신패였다.

그 신패로 인해 조염의 악독한 장력에 격중당하고도 심장이 터져 나가는 상황은 모면했다.

'대체?'

한조산의 뇌리로 한조각 의구심이 스쳐 지나갔다.

산골에 처박혀 살던 녀석이 이런 범상치 않은 신패를 지니고 있다는 것이 말이 되지 않았다.

본인의 것은 아닐 테고 누군가 다른 사람의 것을 소지하고 있는 것이 분명했다. 아니면 돌아다니다가 어디서 주운 것일 수도 있었다.

어쨌든 지금은 그것이 중요한 것은 아니었다.

잠시 의혹에 사로잡혔던 한조산은 다시 타혈술을 펼쳤다.

한조산의 손끝에서 웅혼한 기운이 이한성의 혈맥으로 스며들었다.

"쿨럭!"

이한성이 기침과 함께 한 모금의 선혈을 토해냈다.

시커먼 피였다.

오랜 기간 탁기가 쌓인 것은 아니었지만 조염의 악독한 장력에 휩쓸리며 살아 있던 피가 순식간에 시커멓게 죽어 이한성의 입으로 토해져 나왔다.

한조산은 이한성의 맥문에 손을 대고 진기를 불어넣었다.

죽은피가 토해져 나오며 금방 끊어질 듯하던 맥은 조금 강해졌다.

이젠 한 시름 돌릴 수 있을 것 같았다.

한조산은 한숨을 내쉬었다.

그러는 순간!

"쿨럭! 쿨럭!"

이한성이 발작적으로 기침을 토했다. 그리고 그 기침의 끝에서 분수 같은 선혈이 터져 올랐다.

"이, 이런!"

이한성의 맥문을 잡고 있던 한조산이 경호성을 토했다.

전혀 예상치 못했던 기운 한 가닥이 혈맥을 폭주하고 있었다.

'아뿔싸!'

한조산은 급히 이한성의 단전에 손바닥을 갖다댔다.

사고를 당한 후 이한성의 단전에 똬리를 틀고 있던 그 위험한 기운이 혈맥을 폭주하고 있었다.

이렇게 가만 놔두면 혈맥이 모두 터져 칠공에서 피를 토하고 죽을 것이다.

울컥!

울컥!

한 번 선혈이 터져 나오자 걷잡을 수가 없었다.

이한성의 입에서는 이제 폭포수처럼 피가 솟아올랐다.

"이, 이놈!"

타타다닥!

한조산은 미친 듯이 타혈술을 펼쳤다.

혈을 두드릴 때마다 폭주하는 기운이 반력으로 작용해 한조산의 손가락을 튕겨낼 정도였다.

동창 놈이 던진 화탄에 휩쓸리고도 이한성의 목숨이 붙어 있는 것은 그의 몸에 똬리를 틀고 있는 그 기운 때문이었다.

말로 설명할 수 없는 그 위험한 기운이 조염의 악독한 장력에서 우선은 목숨을 구해주었지만 이제는 분출하기 직전의 화산처럼 미쳐 날뛰고 있었다.

"이놈아, 제발······."

한조산은 고함을 질렀다.

이한성을 쳐다보는 그의 망막에 늘그막에 얻은 아들의 얼굴이 겹쳐졌다.

꼭 이만한 나이였다.

아비의 피를 이어받아 검 휘두르기를 밥 먹기보다 좋아하던 녀석!

하나를 가르치면 열을 깨우치며 메마른 가슴을 두근거리게 하던 녀석!

이한성만 한 나이에 이미 마라십이검의 제이초식을 익혔던 천부적인 소질을 타고난 녀석이었다.

하지만 그 천부적인 소질이 도리어 화가 되었다.

너무 빠른 성취로 인해 내력을 충분히 다지기도 전에 제삼초식을 뿌렸고, 그 결과 주화입마의 수렁으로 빠져들었다.

"이놈아!"

한조산은 그때처럼 울부짖었다.

아무리 울부짖으며 단전에 내력은 쏟아부었지만 뒤틀린 아들의 기혈은 가라앉지 않았다.

한조산이 내력을 불어넣을수록 더욱 미쳐 날뛰었다.

"쿨럭!"

이한성이 다시 한 사발도 넘는 피를 토했다.

아들도 이렇게 연신 피를 토했다. 그리고는 끝내 눈을 뜨지 못했다.

이게 무슨 모진 운명이란 말인가?

아들을 품 안에서 속수무책으로 잃고 미친 듯이 세상을 방황했다.

아무도 찾아오지 않는 심산구석을 찾아들어 세상을 등지고도 살았다.

낮에는 괜찮았다.

사람들이 보이지 않으니, 아들만 한 나이의 소년들이 보이지 않으니 아들 생각을 잠시나마 잊을 수 있었다.

그러나 밤이 되면?

짝을 찾는 밤부엉이 울음소리가 아들의 목소리가 되어 온 뇌리에 울렸다.

나중에는 나뭇가지 사이로 스쳐 지나가는 바람 소리마저 아들의 목소리가 되어 한조산을 불렀다.

더 이상 산에서 살 수 없었다.

인간들이 있는, 아들 같은 소년들이 보이는 세상으로 다시 내려와 그들의 모습 속에서 아들을 찾으며 떠돌았다.

그렇게 몇 년을 떠돌다 이곳 은하표국에서 겨우 뿌리를 내렸다.

대나무처럼 곧고 인심 후덕한 주인이 있는 이곳에서 겨우 마음을 가라앉히며 살았다.

그런데.

아들을 닮은 녀석으로 인해 아물어가던 상처가 도졌다.

생긴 건 하나도 닮지 않았지만 그 집요함과 철혈의 담대한 성정이 아들을 다시 보는 것 같았다.

그래서 더 얼음장같이 차갑고 싸늘하게 대했다.

하지만 도지던 상처는 점점 더 커졌고 그 상처를 어찌 다스려야 할지 아직 갈피도 잡지 못하고 있는데 녀석은 아들과 똑같은 모습으로 생을 하직하려 하고 있었다.

"종천아, 이놈아!"

한조산은 실성한 듯 아들의 이름을 불렀다. 그러면서 혼신의 힘을 다해 이한성의 온몸에 타혈술을 펼쳤다.

아들을 잃기 전에는 익히지 못했던 타혈술이었다.

그때는 오로지 사람 죽이는 법만 갈고 닦았다.

하지만 삶과 죽음은 결코 동떨어지지 않았다.

죽음은 삶의 또 다른 방식이라는 것을 깨달았을 때 살리는 방법에도 눈을 돌렸다.

타다닥! 탁!

한조산의 손이 더욱 빨라지기 시작했다.

그와 동시에 바닥에 누워 있던 이한성의 몸이 무게를 모조리 떨쳐 버린 듯 허공으로 한 자가량 떠올랐다.

타다다닥! 타다닥! 탁!

허공에 뜬 이한성의 몸 전신을 한조산의 손끝이 훑고 지나갔다.

숨 한 번 내쉴 때마다 한조산의 손은 이한성의 몸 곳곳을 한 번 이상 두드리며 지나갔다.

어느덧 한조산의 손은 보이지도 않을 정도로 빠르게 이한성의 몸을 두드려 나갔다.

그러나 이한성의 입에서 흘러나오는 피는 멈추지 않았다.

처음처럼 폭포수 같은 양은 아니었지만 계속해서 흘러내리고 있었다.

타다닥! 탁탁!

한조산의 손이 더욱 빠르게 이한성의 몸을 휘돌았다.

허공에 뜬 이한성의 몸은 물속을 유영하듯 뒤집어지기도 하고 엎어지기도 했다.

"쿨럭!"

기침과 함께 한조산의 입에서도 선혈이 한 모금 터졌다.

온 내력을 다 쏟아부어 타혈술을 펼친 결과였다.

겉보기로는 바람처럼 빠르고 가볍게 두드리는 것 같지만 한조산은 지금 필생의 공력을 끌어올리며 사력을 다하고 있었다.

"쿨럭!"

탁한 기침과 함께 이한성이 다시 선혈을 토했다.

이번에는 한 사발이 아닌 한 종지 정도의 양이었다.

온 내력을 끌어올려 펼치는 한조산의 타혈술에 미쳐 날뛰

던 혈맥도 조금 진정되었고 터져 나오던 선혈도 양이 작아졌
다.

'조금만 더!'

한조산은 마지막 내력을 쏟아부어 이한성의 몸을 두드렸
다.

한조산의 내력이 거의 고갈되다시피 했을 때 이한성의 혈
맥을 폭주하던 진기가 가라앉았다.

실로 명재경각(命在頃刻)의 순간이었다.

'됐다!'

한조산은 안도의 탄성을 속으로 삼켰다.

금방이라도 폭발할 듯한 기운을 억눌러 놓았다.

조기에 잡았으니 망정이지 시기를 놓쳐 한꺼번에 다 터져
나왔더라면 자신의 모든 공력을 쏟아부어도 힘들 일이었다.
그만큼 이한성의 단전에 또아리 튼 기운은 위태로웠다.

차후 어떤 심각한 상황이 더 벌어질지 몰라도 우선은 한숨
돌렸다.

"한성아!"

오빠들과 함께 안으로 피신했던 하수린이 미친 듯이 달려
왔다.

가슴이 온통 피로 물든 이한성을 보며 하수린의 신형이 휘
청 흔들렸다.

쓰러질 듯한 그녀를 어머니 임소령이 부축했다.

"할아버지, 어떻게 된 건가요? 한성이는, 한성이는 괜찮겠지요, 할아버지?"

겨우 정신을 차린 하수린이 한조산의 팔을 붙잡고 숨이 넘어갈 듯 물었다.

백짓장처럼 탈색된 그녀의 표정이 이한성과 별반 다르지 않았다.

"일단 위험한 고비는 넘겼습니다, 아가씨."

저승사자의 모습에서 한 노인으로 되돌아온 한조산이 등을 굽히며 답했다.

"정말, 정말이죠, 할아버지? 정말 괜찮은 거죠?"

하수린은 다시 확인받고 싶다는 듯 거듭 물었다.

한조산은 묵묵히 고개를 끄덕였다.

"한성아!"

하수린이 이한성의 팔을 붙잡고 오열을 터뜨렸다.

그러던 그녀의 몸이 헝겊 인형처럼 옆으로 쓰러졌다.

허약한 몸에 무수한 시체를 보고, 이한성까지 피투성이가 된 채 쓰러져 있는 것을 목격하자 더 이상 견디지 못한 것이다.

"수린아!"

고함을 지른 임소령이 급히 하수린을 안아 들었다.

그녀의 얼굴은 백짓장처럼 창백해 이한성만큼 위험해 보였다.

"비키시오."

한조산이 급히 달려들어 하수린의 맥문을 잡았다.

'이런!'

한조산은 속으로 탄식했다.

이한성으로부터 하수린의 몸 상태에 대해서 들었지만 생각보다 훨씬 심했다.

맥문을 통해 불어넣은 진기가 전신 혈맥으로 흘러들어가지 못하고 가닥가닥 막혀 도로 밀려나왔다.

억지로 밀어 넣을 수도 있겠지만 그러면 혈맥이 터져 죽게 된다.

이한성과는 너무나 대조적인 혈맥의 상태였다.

이한성은 언제 터질지 모르는 용암을 몸 안에 지니고 있다면, 하수린은 언제 멈춰 버릴지 모르는 연약함을 몸 안에 지니고 있었다.

이런 몸으로 이렇게나마 살아 있는 것은 그동안 하유걸이 막대한 돈을 들여 영약을 구하고 천호연을 통해 온갖 치료를 강구했기 때문이란 것은 한조산도 잘 알고 있었다.

'그래서 녀석이 그렇게 필사적으로 매달렸군.'

하수린의 맥문을 잡아보니 이한성이 왜 그렇게 자신으로부터 무공을 배우고 싶어 했는지 이해가 갔다.

맥문을 잡아보기 전에는 그러려니 했는데 막상 잡아보니 하수린은 너무 위태위태했다.

이런 몸이라면 남은 육 년도 다 못 채울 것이다.

한조산은 하수린의 혈 몇 곳을 짚어 안정시켰다.

이한성처럼 외부적인 충격을 받지 않았기에 그것만으로도 충분했다. 그리고 그 이상은 어떻게 할 수도 없었다. 메추리 알처럼 연약한 그녀의 몸은 조금이라도 큰 힘을 주면 깨어져 버릴 것 같았다.

'휴우—'

한조산은 속으로 길게 한숨을 내쉬었다.

조금 아물어가던 가슴의 상처가 이한성과 하수린으로 인해 완전히 터져 버렸다.

이젠 다시 밤마다 아들의 목소리에 시달려야 할 것 같았다.

다시 한 번 한숨을 속으로 삼킨 한조산은 하수린을 안아 들어 하유걸에게 넘겼다.

"안정을 시켰으니 방으로 데리고 가서 푹 재우십시오. 자고나면 괜찮을 겁니다."

하수린을 받아 든 하유걸은 고맙다는 말조차 하지 못하고 멍하니 한조산을 쳐다보았다.

집안일을 도와주는 하인에서 갑자기 청해마검으로 변한 한조산을 아직 받아들이지 못한 것이다.

"한… 노인……."

잠시 후 하유걸이 이전의 명칭대로 한조산을 불렀다.

"우선은 아가씨를 방에 눕히고 국주님의 상처부터 돌보도록 하시오. 이 녀석도 마찬가지고……."

한조산이 다급하게 말하자 정신을 차린 하유걸은 하수린을 안고 서둘러 안으로 들어갔다. 한조산도 이한성을 안고 하유걸 부부의 뒤를 따랐다.

第二十三章

전화위복(轉禍爲福)

거대한 폭풍우에 휩쓸린 것 같은 격전이 끝난 후 장내가 정리되자 날이 희뿌옇게 밝아오기 시작했다.

장내는 겨우 정리가 되었지만 온 사방으로 퍼져 나가는 피냄새와 신음 소리는 가시지가 않았다.

그때까지도 이한성과 하수린은 혼수상태에 빠져 있었다.

둘 다 언제 어떻게 될지 모르는 위험한 상태인지라 하유걸 부부와 한조산은 한시도 눈을 떼지 않고 그들을 지켜보았다.

"으음!"

날이 밝았을 때 신음과 함께 하수린이 먼저 의식을 차렸다.

의식을 차리자마자 그녀는 화들짝 놀라며 일어나 옆 침대에 누워 있는 이한성에게로 달려갔다.

"한성아!"

고함을 질렀지만 이한성은 깨어나지 않았다.

하수린은 얼른 고개를 돌려 한조산을 쳐다보았다.

그가 청해마검이라는 사실도 몰랐고, 알았다 한들 그 별호가 얼마나 어마어마한 것인지 알 길이 없는 그녀였지만 그가 풍전등화의 위기를 종식시킨 사람이라는 것은 짐작했다. 또한 죽어가는 이한성을 살린 사람이 그라는 것도 알았다.

"할아버지……."

하수린은 애타는 눈으로 이한성의 상태를 물었다.

"깨어날 것입니다. 그러니 걱정 마세요, 우리 아가씨."

한조산은 언제나처럼 인자한 목소리로 말했다.

"깨어나면 더 위험해지지는 않는가요?"

그 물음에는 한조산도 자신이 없었다.

"그건……."

한조산이 머뭇거리자 하수린의 눈에서 눈물이 흘러내렸다.

"할아버지. 할아버지께서 책임져 주세요. 할아버지라면 할 수 있으시잖아요. 부탁이에요."

하수린은 바닥에 털썩 무릎을 꿇으며 애원했다.

"아이쿠! 이러지 마십시오, 아가씨! 예쁜 우리 아가씨가 무릎을 꿇다니요."

한조산은 얼른 하수린의 어깨를 붙잡아 일으켰다.

연약한 그녀의 어깨가 사시나무처럼 오들오들 떨리고 있었다.

"부탁이에요, 할아버지."

하수린이 다시 애원을 했다.

"알겠습니다, 아가씨. 그러니 어서 일어나십시오."

하수린을 일으켜 세운 한조산은 천천히 고개를 끄덕였다.

하수린의 부탁 이전에 이미 아들의 모습으로 가슴을 파고든 이한성이었다.

이한성을 잃는다면 아들을 다시 한 번 잃는 것과 마찬가지일 것이다.

"정말 고마워요, 할아버지."

하수린이 닭똥 같은 눈물을 흘리며 깊이 허리를 숙였다.

'휴우—'

한조산은 길게 한숨을 삼켰다.

모두 잊고 살려고 그렇게 애를 썼는데 이젠 오히려 이한성에게서 평생 아들을 찾고 살아야 할 것 같았다.

'너를 잊는 것이 싫었더냐?'

자꾸만 자신을 잊어가는 아버지가 야속하여 아들 종천이 이한성을 보낸 것인지도 몰랐다.

문득 그런 생각이 들었다.

한조산은 아들 종천의 모습을 떠올리며 천천히 눈을 감았다.

이젠 자신도 운기를 하여 내력을 다스려야 할 순간이었다.

"제가 호법을 서겠습니다."

하유걸이 강호 대선배를 맞이하는 자세로 한조산 옆에 섰다.

한조산은 가볍게 고개를 끄덕인 후 가부좌를 틀고 앉아 운기에 들어갔다.


반 시진이 더 흘렀을 때 이한성이 눈을 떴다.

"한성아!"

하수린은 고함을 치며 이한성을 불렀다.

이한성이 의식을 차렸는지 몸을 움직이다가 천천히 일어나 앉았다.

"괜찮아, 괜찮은 거지?"

하수린이 득달같이 달려들어 물었다.

이한성은 아무런 대답도 않고 눈을 감은 채 잠시 꼼짝도 않고 있었다.

그의 방식대로 사방의 동정을 살피는 것이다.

"괜찮은 것이냐?"

하유걸도 흥분된 목소리로 물었다.

"괜찮습니다."

이한성은 천천히 고개를 끄덕였다.

죽음의 문턱을 반쯤 넘어갔다 돌아왔지만 이한성의 목소

리는 아무 일도 당하지 않은 것처럼 침착했다.

"손을 이리 내밀거라!"

이미 운기를 끝낸 한조산은 이한성의 팔을 당겨 맥문을 짚었다.

조금 빨리 뛰긴 했지만 그런대로 맥은 안정되어 있었다.

일단은 안심이었다.

그러나 한번 폭발을 일으킨 용암처럼 언제 또 폭주할지 모를 위험성을 안고 있었다.

"다른 사람들은?"

이한성은 지금 이 자리에 없는 하정욱과 하정탁 등의 안부를 물었다.

"다들 괜찮아. 그러니 지금은 네 몸만 걱정해."

하수린이 나무라듯 말했다.

"다행이야."

이한성은 천천히 고개를 끄덕였다. 그리고는 눈을 몇 번 떴다 감기를 반복하며 따끔거리는 눈을 달랬다.

밀려드는 폭발의 광풍과 장력에 휩쓸리며 눈에 먼지라도 들어간 모양이었다.

"눈을 다친 거야?"

거듭해서 눈을 깜박거리는 이한성을 보며 하수린이 걱정스레 물었다.

이미 충격을 받고 시력을 잃은 눈이었다. 그런데 그곳에 다시 충격이 가중된다면 영원히 회복이 불가능할지도 몰랐다.

이한성은 대답 없이 고개를 들었다. 그리고는 하수린을 쳐다보았다.

털보 황삼의 말이 맞았다.

나이에 비해 훨씬 앳된 얼굴이었지만 요정 같은 용모였다.

아니, 어쩌면 그건 틀린 말일지 몰랐다.

아직까지 요정이란 존재는 마주친 적이 없었다.

어릴 때 읽은 기담집 속에서 요정의 그림을 본 적은 있었다. 그러나 그 그림으로 묘사된 요정은 하수린에 비하면 너무 못생긴 추녀였다.

이한성은 더 이상 눈을 깜박이지 않고 한참 동안 하수린을 쳐다보았다.

"너?"

무언가 이상한 낌새를 느꼈는지 하수린이 놀란 눈으로 이한성을 쳐다보았다.

"내가… 보여?"

하수린이 떠듬거리며 물었다.

이제껏 자신을 쳐다보던 모습과는 너무 달랐다.

그때는 눈을 감고 다른 감각으로 자신을 응시했다. 그러면 온몸이 봄바람에 휩싸인 것처럼 편안해졌다.

그런데 지금은 아니었다.

눈을 뜨고 한참이나 자신을 쳐다보고 있었다.

그 눈빛이 많은 것을 말하고 있었다.

"내가 보이는 것이지, 그렇지?"

하수린이 흥분된 목소리로 다그치듯 물었다.

대답 대신 이한성은 한조산에게로 눈을 돌렸다.

하수린 옆에 있는, 청해마검이 아닌 인자한 한 노인으로 돌아온 한조산은 평범한 노인으로밖에 보이지 않았다.

보통의 체구에 보통의 키였다.

그리고 어디서나 흔히 볼 수 있는 평범한 얼굴이었다.

저런 사람이 일검에 열 명도 넘는 복면인을 한꺼번에 베어 버린 사람이라고는 믿어지지 않았다. 단지 눈빛이 남들보다 조금 강하다는 느낌만 들었다.

"이, 이놈!"

그동안 한 번도 눈을 뜨지 않던 이한성이 눈을 뜨고 자신을 쳐다보자 한조산은 눈 사이를 좁히며 이한성의 눈을 유심히 쳐다보았다.

"시력을… 찾은 것이냐?"

한조산이 놀란 표정과 함께 물었다.

이한성은 여전히 대답을 미룬 채 하유걸에게로 고개를 돌렸다.

그동안 하수린 다음으로 보고 싶었던 사람이었다.

작은 인연도 소중히 여기며 물 한 바가지의 은혜를 입으면 피 한 바가지로 갚고자 하는 사람이었다.

그로 인해 부정(父精)이라는 것이 어떤 것인지도 느끼게 되었다.

이한성은 한참 동안 하유걸을 쳐다보았다.

한조산이 평범한 인상이라면 하유걸은 정반대였다.

한눈에 보아도 정인군자라 느껴질 정도로 수려하고 준수한 얼굴이었다.

저런 사람은 절대로 거짓말을 하지 못한다. 또한 옳지 않은 일이라면 목에 칼이 들어와도 거절한다.

아직 많은 사람들을 겪어보지 않았지만 단번에 그런 판단을 내릴 만큼 하유걸의 풍모는 준수했다.

"시력을 되찾았구나."

하유걸이 탄성을 지르듯 말했다.

이한성은 비로소 고개를 끄덕였다.

처음에는 자신도 시력을 되찾은 것인지 의심스러웠다.

눈에 들어오는 것은 모두 새로웠기에 환상을 보는 것이 아닌가 의심했다.

잠시 착각처럼 환상이 보였다가 눈 한 번 깜박이고 나면 사라져 버릴 것도 같았다.

이미 알고 있던 얼굴인 황삼이라도 있었다면 더 빨리 확신했을 테지만 모두 처음 보는 사람들이라 쉽게 판단할 수 없었다.

그러나 이젠 확신할 수 있었다.

언제나 붉고 푸른 색감으로 인식되던 사물들이 예전에 보던 것과 똑같이 인식되었다.

자신의 손을 쳐다보고 그것이 움직이는 것이 환히 눈에 들어왔다.

죽음의 문턱에서 되돌아 나오며 잃었던 시력이 돌아온 것이다.

"와아!"

하수린이 환호성을 지르며 이한성의 팔에 매달렸다.

하유걸과 임소령도 같이 탄성을 터뜨렸다.

한조산은 아무 말 없이 이한성을 유심히 살피기만 했다.

시력이 돌아온 것은 무엇보다 반가운 일이었지만 그것이 악독한 놈의 장력에 휩싸인 부작용의 한 현상이라면 곧이어 더 큰 낭패를 당할 수도 있었다.

최악의 경우 잠시 시력이 돌아온 후 완치 가능성마저 사라지며 완전히 실명할 수도 있었고 혈맥이 다시 들끓을 가능성도 무시하지 못했다.

"정말 다행이다. 전화위복으로 하늘이 도왔다."

하유걸 부부는 지난밤의 환란은 잠시 잊고 자신의 일처럼 기뻐했다.

주변의 모든 것을 다시 한 번 쳐다본 이한성은 천천히 눈을 감았다.

잃었던 시력이 돌아왔으니 정수리에 새로이 뜬 눈은 사라질 수도 있었다.

그것을 확인해 보고 싶었다.

눈을 감자 시야에 들어온 정물들이 사라지고 모든 것이 붉고 푸른 색감으로 바뀌었다.

마치 순식간에 다른 세상으로 빠져드는 기분이었다.

다시 눈을 떴다.

환한 세상이 자신을 반겼다.

눈을 감으면 전혀 다른 세상으로 빠져들었다.

좀 더 지나면 어떨지 모르겠지만 지금으로서는 정수리에 얻은 새로운 눈도 예전과 전혀 다름없이 제 기능을 발휘하고 있었다.

이한성은 침대에서 일어나려 했다.

다시 돌아온 시력으로 세상을 보고 싶었다.

그러나 곧 그 생각은 접었다.

지금 이 방을 나서면 피로 얼룩진 정원이 제일 먼저 눈에 들어올 것이다.

그 생각과 함께 현실이 직시되었다.

대체 그들은 누구일까?

왜 이 은하표국을 침입했을까?

국주 하유걸이 누군가의 원한을 살 일은 절대로 없을 것이다.

그가 원한을 산다면 세상 사람들은 모두 원한을 살 것이다.

그런데 그들은 왜 이곳을 침입했을까?

궁금증이 불길같이 일었지만 알 수도 없었고 알려주지도 않을 것이다.

"시력은 회복했으니 다행이다. 그런데 다른 곳은 어떠냐?"

한조산이 비로소 질문을 던졌다.

이한성은 숨을 깊이 쉬어보았다.

위험을 느끼고 한조산을 향해 뛰어드는 순간, 굴러오는 바위에라도 부딪친 듯 갑자기 숨이 콱 막혔다.

그리고는 의식을 잃었다.

최대한 가슴을 부풀리자 조금 뻐근한 느낌이 들었지만 그 이상 다른 증상은 없었다.

목이나, 어깨, 손발을 움직이는 데도 이상은 없었다.

"기운이 많이 빠진 것 같았지만 다른 이상은 없습니다."

이한성의 대답에 한조산은 안도의 한숨을 내쉬었다.

"다른… 눈은?"

한조산은 그것이 다음으로 궁금했다.

아직도 믿어지지 않았지만 그 눈으로 남들이 보지 못하는 것을 보고 동창의 그 악독하고 교활한 놈의 술수에서 자신의 목숨을 구했다.

시력을 되찾으며 그 기이한 능력이 사라졌는지 궁금하기 짝이 없었다.

"괜찮습니다."

이한성은 짤막하게 답했다.

두 사람의 대화는 그들만이 알 뿐 다른 사람은 알 수 없게 하기 위함이었다.

한조산은 다행스런 눈빛과 함께 고개를 끄덕였다.

계속해서 그 능력이 유지된다면 이한성은 무공을 익히는 데 엄청난 장점을 가진 셈이다.

그 능력으로 호흡을 읽고, 기를 읽고, 사방을 읽는다면 아무리 뛰어난 자객이라도 범접이 불가능할 것이다.

또한 그 능력을 계속 발전시킨다면 이한성 앞에서는 모든 무인이 자신을 환히 드러내 놓고 서 있는 것이나 마찬가지다.

상대에게 삼 푼을 감추기 위해 무인들은 엄청난 노력을 한다.

하지만 이한성 앞에서는 그것이 무용지물이 되고 말 것이다.

한조산 역시 이한성에게 그런 식으로 간파되었다.

'괴물이 탄생할 수도…….'

한조산은 자신도 모르게 뛰는 가슴을 달랬다.

"이젠 어떻게 하시겠습니까?"

잠시 후 한조산이 하유걸을 향해 물었다.

하수린과 이한성이 회복되었으니 앞일을 논의할 때다.

날이 밝으면 지난밤의 참상이 세상 밖으로 드러날 것이다.

심산유곡에 자리 잡은 강호문파라면 모르겠지만 이곳은

성시에 위치한 표국이다.

당장 이웃들이 몰려올 것이고 관에서도 달려올 것이다.

그러나 그것보다 더 큰 문제는 지난밤 침입한 놈들이었다.

놈들이 단순한 도적이라면 모르겠지만 그들은 동창의 창위들이었다.

그들이 관여했다면 단순한 문제도 아니고, 또한 절대 포기하지 않을 것이다.

"아니, 그보다 그놈들이 왜……?"

한조산은 동창의 놈들이 왜 이곳을 침입했는지 도저히 이해가 가지 않았다.

"애들 데리고 잠시만 나가 있으시오."

하유걸은 부인 임소령에게 자리를 물려줄 것을 부탁했다.

임소령이 이한성과 하수린을 데리고 나가자 하유걸은 자신의 짐작을 비교적 상세히 말했다.

"화기와 앵속이라……."

하유걸의 설명을 들은 한조산은 무거운 표정으로 읊조렸다.

"그렇다면 그 두 가지 물품의 배후에는 동창이 도사리고 있다는 말이구려."

"그런 것 같습니다. 그렇지 않고야 그들이 내 집을 습격할 이유가 없지요."

하유걸은 초조한 표정과 함께 창문 밖을 쳐다보았다.

어젯밤 습격한 놈들이 실패했으니 다른 놈들이 다시 쳐들어올 수도 있었다. 동창이라면 그러고도 남았다. 혹여 그러지 않더라도 온갖 악랄한 방법으로 은하표국을 말살시키려 할 것이다.

"가족들과 함께 당장 몸을 피해야 하오."

한조산은 단호한 음성으로 말했다.

앵속과 화기에 동창까지 개입됐다면 단순히 뒤가 구린 정도가 아니다. 전쟁 같은 환란이나 최악의 경우 누군가 반란을 일으키려 벌이는 짓일 수도 있었다. 그런 일을 꾸미다가 비밀이 새어 나갔으니 사력을 다해 입막음을 하려고 할 것이다.

"하지만……."

하유걸은 지금 당장 가족들과 함께 집을 떠난다는 것이 엄두가 나지 않는 듯 망설였다.

떠나더라도 최소한의 준비를 할 시간이 필요했고, 또 어디로 떠나야 할지 떠오르지도 않았다.

"시간이 없소!"

한조산은 다급한 어조로 말하며 주변을 둘러보았다.

어젯밤의 소란을 들은 이웃들이 몰려오는 소리가 들렸다. 그리고 조금 있으면 관에서도 사람들이 찾아올 것이다.

이웃들이야 구경꾼에 불과하겠지만 문제는 관에서 나오는 사람들이다.

필시 그들은 동창의 지시를 받아 공식적으로 뒤처리를 하려 할 것이다.

조사를 하겠다며 하유걸 가족들을 데려가고, 그렇게 끌려가면 동창은 쥐도 새도 모르게 처치해 버릴 것이다.

두두두!

저 멀리서 말발굽 소리가 들렸다.

관에서 나온 사람들이 달려오고 있는 것이다.

아직 하유걸은 느끼지 못하고 있지만 조만간 들이닥칠 것이다.

말을 타고 달려오는 것으로 보아 중무장을 하고 있음이 분명했다.

한조산은 청각을 최대한 일깨웠다.

'수효는 대략 오십!'

그렇다면 더욱 심각하다.

관아의 군사들이 모두 몰려왔다는 말이다.

"말을 탄 놈들이 오십 명도 넘게 달려오고 있습니다. 최소한의 패물만 챙겨 떠나야 하오."

한조산이 고함을 치며 다그쳤다.

아직 말발굽 소리를 듣지 못한 하유걸은 흠칫 놀랐지만 한조산의 능력을 충분히 인식하고 있기에 서둘러 몸을 움직였다.

별리(別離)

第二十四章

"정지!"

은하표국으로 향하는 길목에서 갑주를 차려입은 사내가 말했다.

손을 들어 명령을 내리는 사내의 얼굴에 짜증이 가득 묻어 있었다.

그는 이곳 관아의 일 포두인 도채균(途蔡均)이었다.

어제 아침부터 오늘 아침까지 꼬박 하루를 근무하고 아침에 교대를 하면 오늘은 비번으로 쉬는 날이었다.

어젯밤에 특별한 일은 없었다.

그래서 조금 났았지만 잠을 자야 하는 밤에 눈을 뜨고 있다는 것은 언제나 피곤한 일이었다.

도채균은 어서 교대시간이 되기를 기다렸다.

시간이 되어 교대를 하면 얼른 집으로 가서 한숨 푹 자고 저녁에 일어나 인근에 있는 주루로 가서 술을 한잔 걸친다.

특별히 비싼 술을 시키지 않으면 당연히 술값은 공짜다. 그러다 어떤 날은 몇 푼만 쥐어주고 유녀들의 알몸을 취할 수도 있다.

물론 그 몇 푼은 화대로는 턱없이 모자라는 금액이다. 그건 그냥 형식일 뿐이다. 그런 형식을 취함으로 해서 관원이 관부의 힘을 빌어 노류장화의 향응을 제공받았다는 죄목에서 빠져나갈 최소한의 구멍을 만들어 놓는 것이다.

그 대가로 도채균은 주루에서 일어나는 자질구레한 시비에서 주루의 편을 들어주면 된다.

그것은 그가 관원으로서 가장 흡족해하는 일 중의 하나였다.

오늘 역시 어느 주루에서 공짜 술을 마실까 궁리하며 교대시간을 기다렸다.

교대 반 시진 전은 그 피곤함이 절정에 이르는 시간이다. 근무가 곧 끝난다는 해방감이 몰려오는 피곤을 억지로 막아주고 있었다.

그런데 교대가 막 시작되려는 시간에 긴급출동 지시가 하달되었다.

그 지시는 포두조차 알아서는 안 되는, 아주 높은 곳에서 내려온 것이라 했다.

이곳저곳에서 불평이 터져 나왔지만 지부대인의 고함 소리에 출동준비를 할 수밖에 없었다.

잠시 후 눈매가 칼날처럼 매서운 두 사내가 나타났다.

한눈에 보아도 비밀스러운 짓만 하고 다니는 인간들이라는 것을 직감했다.

꽉 다문 입술은 냉혹하기 짝이 없어 보였고 형형한 눈빛은 절로 오금을 저리게 했다.

그들은 시종 한 마디 하지 않고 있었지만 온몸으로 새어 나오는 피 냄새에 최대한 빨리 움직일 수밖에 없었다.

무장을 마치자 뜻밖에도 말이 준비되어 있었고 교대 근무자들과 함께 말을 타고 달려왔다.

두 다리로 그냥 달려오는 것보다는 피로감이 덜했지만 휴식의 기대감이 왕창 깨어지며 영문도 모른 채 황급히 임무에 투입되는 기분은 새 옷을 입고 거름 밭에 미끄러진 것만큼 역증이 치솟았다.

그러나 앞에 선 비밀스런 자들의 기에 눌려 아무 소리도 내지 못한 채 따르기만 했다.

"한 놈도 놓치지 말고 체포하라. 구경꾼이라도 마찬가지다. 일단 압송한 후 되돌려 보낸다."

냉혹한 인상의 사내 중 키가 작은 사내가 처음으로 입을 열었다.

생긴 것만큼이나 차가운 목소리였다.

"두 패로 나누어 포위해 들어간다."

도채균은 사내의 지시대로 부하들을 통솔했다.

두두두!

다시 말발굽소리가 진동하며 오십 기의 말이 은하표국을
향해 달려나갔다.

'대체 뭔가?'

관병이 은하표국으로 달려간 후 동창의 다섯 번째 서열의
당두 양신호(梁辛護)는 형형한 안광을 빛내며 앞을 쳐다보았
다.

임무의 성공을 의심치 않고 느긋이 술 한 잔을 걸치고 있었
는데 반쯤 시체가 된 조엽이 뛰어들었다.

팔이 하나 잘리고, 온몸에 피 칠갑을 한 그는 산 사람이라
고 할 수 없었다.

실내로 뛰어들자마자 그는 '전멸'과 '청해'라는 두 단어만
내뱉은 채 정신을 잃었다.

급히 점혈을 하며 의식을 일깨우려 했지만 과도한 출혈로
인해 죽어버리고 말았다.

그런 몸 상태로 그곳까지 달려온 것만으로도 기적적이었
다.

그건 임무를 끝내지 못했을 때 그의 가족들 목숨도 위험하

다는 것을 알기에 필사적으로 달려온 것이리라.

어쨌든 그런 그의 행동 덕분에 자신들이 임무에 투입될 수 있었고, 임무를 완수하면 그의 가족들은 무사할 것이다. 거기에 더해 조염의 목숨 값으로 어렵지 않은 생활을 할 수 있을 것이다.

양신호는 앞을 쏘아보며 빠르게 두뇌를 회전시켰다.

조염이 내뱉은 '전멸'과 '청해'라는 단어!

전멸은 충분히 알겠는데 청해라는 단어는 이해가 되지 않았다.

좀 더 물고 늘어지다 보면 떠오를지 모르겠지만 지금은 그럴 시간이 없다.

지금 중요한 것은 전멸이란 단어다.

동창의 번역 서른 명이면 웬만한 무림문파 하나와 맞먹는 전력이다.

그런데 그들이 모두 전멸했다는 말이다.

대체 어떻게 그런 일이 일어날 수 있단 말인가?

만약 사실이라면 동창 역사상 가장 큰 치욕으로 남게 될 것이다.

조염은 자신과 함께 번역 스무 명만 있으면 된다고 했다.

특급 비밀 임무니만큼 수가 적을수록 더 은밀하게 움직일 수 있으니 그 정도면 된다고 했다.

양신호 역시 그렇게 생각했다.

은하표국의 국주 하유걸은 검술이 뛰어나다고 알려져 있지만 조염이면 충분했다.

그리고 나머지 백 명 정도의 표사는 스무 명의 번역이면 반 시진 안에 끝내고 불을 지르면 임무는 끝나는 것이다.

그러나 워낙 사안이 중대하니 열 명을 더 추려 주었다.

추가한 열 명은 혹시나 도망치는 놈들이 있으면 그들을 청소하기 위함이었다.

그런데 그들마저 전멸했단 말인가?

이건 도저히 이해가 되지 않는다.

국주 하유걸이 실력을 숨긴 엄청난 고수였던가?

양신호는 고개를 저었다.

실력을 숨기는 데도 한계가 있다.

최대한 양보해서 본 실력에 삼 할가량은 숨길 수 있다.

그 이상은 은거고인들에게나 해당된다.

하유걸이 동장의 번역 서른 명을 모두 해치울 정도로 실력을 숨겼다면 구 할 이상을 숨긴 것이다.

그건 불가능하다.

그렇다면 누군가 다른 고수가 끼어들었다는 말이다.

대체 누굴까?

별호에 청해라는 단어가 들어가는 고수일 가능성이 높은데 청해에 고수가 한둘이던가?

청해신창, 청해신검, 청해독룡, 청해오마, 청해혈편, 청해

사룡, 청해비도, 청해일장, 청해독호……

당장 떠오르는 별호만 해도 수십 개다.

지금으로서는 반만 추리는 것도 불가능하다.

어쨌든 저곳 은하표국에 동창의 당두 한 명과 번역 서른 명을 몰살시킬 만한 절정고수가 웅크리고 있다는 말이다.

그런 고수라면 혼자서는 힘들겠지만 서열 구 위의 당두 송치격(宋致格)과 합공을 한다면 제압할 수 있을 것이다.

우선은 관병들을 투입시켜 압박을 가한다.

관병들이라면 함부로 할 수 없다.

그들을 복면을 쓴 동창의 번역들처럼 몰살시킨다면 은하표국의 가족들과 함께 역적으로 몰려 평생 쫓겨 다닐 것이다. 그러기에 표사들 역시 최소한의 방어만 할 것이다.

아마 놈은 그 틈을 타서 빠져나올 것이다.

그렇게 놈의 정체가 드러나면 두 사람이 한꺼번에 공격해 들어간다.

그것도 아니고 만약 놈이 벌써 빠져나갔다면 말을 타고 달려간 오십 명의 관병은 청소부가 된다.

그들을 통해 번역들의 시체를 치우고 동창의 흔적을 말끔히 지운다.

양신호는 옆에 있는 송치격을 쳐다보았다.

"누군지 떠오르는 사람이 있나?"

양신호가 질문을 던졌다.

"조 당두의 시신을 조금만 더 살폈으면 알 수 있었을 텐데……."

송치격이 무거운 어조로 답했다.

"그보다는 이곳을 정리하는 것이 더 시급하다네."

"그야 그렇죠."

송치격이 고개를 끄덕였다.

"와중에 놈이 튀어나온다면 더욱 깨끗이 정리할 수 있고."

말이 끝남과 동시에 양신호가 땅을 박찼다.

휘익─

양신호의 신형이 저 멀리에 있는 거송(巨松) 한 그루를 향해 날아갔다.

그곳에서 은하표국의 상황을 살피려는 것이다.

휘익─

송치격도 신형을 날려 양신호를 따랐다.


\*        \*        \*


"시킨 대로 움직여라. 섣불리 충돌해서는 안 된다."

말발굽 소리가 점점 더 가까이 들려오는 시점에서 총표두 정가진은 핏발 선 눈으로 고함을 질렀다.

야밤에 담을 넘은 놈들로 인해 표사들의 반 이상을 잃었다.

자신의 팔 다리가 잘려 나간 심정이었다.

한 노인이 아니었으면 모조리 몰살당하고 말았을 것이다.

천행으로 목숨을 구했지만 아직 확실히 산 것이 아니다.

여기서 무사히 빠져나가야 비로소 살아남았다고 자신할 수 있었다.

왜 이런 일을 당해야 했는지, 또 한 노인의 정체가 무엇인지, 놈들은 누구인지 궁금증이 구름처럼 몰려왔다. 한 노인은 놈들의 우두머리와 대결을 벌일 때 놈들의 정체를 짐작하는 것 같았지만 경황중이라 듣지도 못했다.

지금은 그걸 물을 시간도 없고 살아남은 목숨을 부지하는 것이 더 중요했다.

두두두!

말발굽 소리가 지척으로 가까워졌다.

"모두 준비하라!"

정가진이 지시를 내리자 살아남은 표사들이 분주히 사방으로 흩어졌다.


"부디 몸조심하시오, 국주."

하유걸 가족들이 탈 마차 뒤에서 한조산이 근심 가득한 눈빛으로 하유걸을 쳐다보며 말했다.

"한 노인……"

하유걸이 말을 잇지 못하고 황망한 눈으로 한조산을 마주보았다.

목숨의 은인이자 감히 이렇게 마주 쳐다볼 수 없는 고수였다.

그런 사람을 지금까지 하인으로 부렸다.

비록 존장의 예로 대했지만 하인이기는 마찬가지였다.

"어쩌다 이렇게…… 흑!"

임소령도 말을 끝맺지 못하고 억눌린 울음을 터뜨렸다.

하룻밤 사이에 집안이 풍비박산 나고 이젠 앞날을 기약할 수 없는 처지가 되어 도망을 쳐야 한다.

대체 왜 이런 일이 일어났는지, 기막힌 심정에 울음마저 제대로 터져 나오지 않았다.

"할아버지. 너무 무서워요. 같이 가요."

하수린이 한조산의 팔을 잡고 애원을 했다.

하수린을 쳐다보는 한조산의 눈에 짙은 비애가 어렸다.

손녀처럼 느껴졌던 하수린이었다.

그리고 바람이라도 세게 불면 금방 꺼져 버릴 촛불 같은 생명을 유지하고 있는 아이였다.

마음 같아서는 언제까지 같이하며 지켜주고 싶었지만 현실은 그것을 용납하지 않았다.

동창의 놈들이 개입된 이상 그 위험성은 무엇보다 컸다.

어떤 흑도의 문파라면 그 문파를 쓸어버리든지, 아니면 그 문파와 경쟁관계에 있는 문파의 힘을 빌면 위험에서 벗어날 수 있다.

그러나 동창이라면?

황제의 가장 가까운 곳에서 권력을 손안에 쥐고 흔드는 제독태감이 수장이고, 그 아래로 두 명의 첩형과 백 명의 당두, 그리고 천 명의 번역…….

하나같이 고수이고 집요하기 짝이 없는 놈들이다.

게다가 놈들은 권력을 등에 업고 있다.

경우에 따라서는 황족이라도 대역죄의 누명을 씌워 형장의 이슬로 사라지게 할 수 있다.

놈들은 힘이 부치면 금의위도 동원할 수 있다.

그런 놈들의 음모에 엮인 상태이니 지금은 최대한 빨리 이곳을 빠져나가 흔적 없이 사라지는 게 살길이다.

같이 가면 그 흔적을 지울 수 없다.

저 소나무 위에서 뱀눈을 부릅뜨고 이쪽을 살피는 두 놈!

그놈들을 제거하고 또 다른 잔당들의 이목을 자신에게로 돌려 자신을 추적하게 만들어야 하유걸 가족들이 살아날 가망이 조금이라도 높아진다.

"같이 가면 안 되나요?"

임소령도 딸 하수린과 비슷한 눈빛으로 애원했다.

"그럼 놈들의 추적을 뿌리칠 수 없습니다. 언젠가는 놈들에게 붙잡히게 될 것입니다."

한조산이 무겁게 고개를 흔들었다.

"하지만… 너무 무서워요."

하수린이 주르르 눈물을 흘리며 한조산을 쳐다보았다.

"걱정 말거라, 예쁜 우리 수린이. 놈들은 나를 따라오게 만들 테니 너는 아버지 말씀 잘 듣고 굳세게 살아가면 언젠가 다시 만나게 될 것이다."

한조산은 친손녀를 달래듯 하수린을 달랬다.

"한성이는……?"

하수린이 눈물을 훔치며 이한성에게로 고개를 돌렸다.

이한성은 돌처럼 굳게 입을 다문 채 모두를 지켜보고만 있었다.

"이놈도 너하고 같이 보냈으면 좋겠지만 언제 다시 터질지 모르는 상태니 내가 데리고 갈 수밖에 없구나. 그러니……."

한조산은 말끝을 흐렸다.

하수린이 이한성을 친혈육처럼 챙긴다는 것을 알기에 자신이 생이별을 시키는 것 같았다.

하지만 그 수밖에 없었다.

소나무 위에 있는 두 놈을 처치하고 동창의 추적을 따돌리는 데 이한성이 짐이 되겠지만 하수린과 같이 보내면 언제 혈맥이 터져 죽을지 몰랐다.

그리고…….

이한성과 헤어지는 것은 다시 아들을 잃는 것처럼 힘들 것이다.

"어서 준비하십시오."

이젠 지척에 이른 말발굽 소리에 한조산은 엄하게 말했다.

"한 노인……."

"한성아!"

임소령과 하수린이 울음처럼 두 사람을 불렀다.

"어서 준비하자!"

냉정을 되찾은 하유걸이 가족들을 뒤쪽으로 이끌었다.

그 순간 이제껏 바위처럼 침묵을 지키고 있던 이한성이 앞으로 걸어 나왔다.

그가 가는 곳은 하수린이 아니라 하정욱 쪽이었다.

당연히 하수린과 마지막 작별을 나눌 것이라 생각한 하정욱은 둥그렇게 뜬 눈으로 이한성을 쳐다보았다.

"오 년이야, 형!"

이한성이 가라앉은 음성으로 말했다.

"무, 무슨?"

하정욱이 황망한 눈으로 이한성을 마주보았다.

"무슨 짓을 해서라도… 시궁창 바닥을 기더라도 오 년만 버텨. 오 년 후엔 내가 찾아갈 테니."

다짐을 하는 이한성의 눈이 용암처럼 이글거리고 있었다.

'이, 이 녀석…….'

하정욱은 자신도 모르게 주춤 뒷걸음질을 했다.

이제껏 자신이 마주친 가장 무서운 눈빛이었다.

문파에서 가장 엄한 대사형의 눈빛도, 사부의 눈빛도, 심지어 장문인의 눈빛도 이렇게 이글거린 적은 없었다.

상처 입은 맹수라도 이러지는 않을 것 같았다.

용암처럼 이글거리면서도 만길 호수처럼 가라앉은 눈빛!

만약 이런 눈빛을 가진 인간이 적이라면 평생 발을 뻗고 잘 수가 없을 것 같았다.

"약속해, 형! 어떤 짓을 하더라도 오 년은 버틴다고……."

이한성이 뒷걸음질 치는 하정욱의 팔을 붙잡으며 고함을 쳤다.

"아, 알았어. 버틸게. 시궁창을 기어서라도 버틸게."

하정욱이 더 이상 이한성의 눈빛을 견디지 못하고 거듭 머리를 끄덕였다.

"오 년만 참아. 세상 어디에 있든 찾아갈 테니."

하정욱에게서 고개를 돌린 이한성이 하수린을 쳐다보며 말했다.

이한성의 눈빛을 받은 하수린이 대답 대신 고개만 끄덕거렸다.

언제나 눈을 감고 있었기에 눈을 마주치기는 오늘 새벽 시력을 되찾은 후부터였다.

하지만 그때는 스스로도 확신을 못하는 상태라 어리둥절한 눈빛이었다.

그런데 지금은!

무서웠다.

복면을 쓰고 가차없이 표사들을 베어 넘기던 인간들보다 몇 배는 더 무서웠다.

하수린은 숨이 막혀오는 것을 느끼며 억지로 심호흡을 했다.

숨이 트이자 공포로 다가오던 이한성의 눈빛이 온몸을 후끈하게 달구었다.

전신으로 열감이 느껴지며 이제껏 줄곧 후들거리던 다리에 힘이 들어갔다. 그리고 가슴 밑바닥까지 스며든 공포감이 서서히 사라졌다.

이젠 아무것도 두렵지 않았다.

복면을 쓴 자들도, 앞으로의 모진 시련도…….

그 어떤 것도 이겨낼 수 있을 것 같았다.

"제발 몸조심해!"

생기를 되찾은 하수린은 오히려 이한성을 걱정했다.

이한성은 천천히 고개를 끄덕였다. 그리고는 하수린의 어깨를 잡고 마차에 태웠다.

"때가 되면 개방 분타에 표식을 남겨놓을 테니 그걸 보고 서로 만나도록 하시오!"

한조산이 문득 생각난 듯 하유걸에게 당부했다.

"개방 분타……?"

하유걸이 낮게 읊조렸다.

천하에 개방도가 없는 곳은 없다.

개방 분타 역시 마찬가지다.

어떤 방법을 사용할지 모르겠지만 개방 분타 모든 곳에 표식을 남긴다면 어디에 있든 연락이 가능할 것이다.

"잘 알겠습니다."

하유걸이 고개를 끄덕였다.

"그럼 어서 출발하시오!"

말에서 내린 관병들이 대문을 두드리는 소리와 함께 한조산이 고함을 질렀다.

"부디 천지신명의 가호가 있기를⋯⋯."

하유걸이 한조산과 이한성을 보며 피를 토하듯 중얼거린후 채찍을 휘둘렀다.

"이랴!"

"이랴!"

하유걸의 신호와 함께 스무 대의 마차에 각각 올라탄 표사들이 동시에 채찍을 휘둘렀다.

두두두!

스무 대의 마차가 정문과 뒷문을 향해 동시에 쏘아져 나갔다.

"엇, 저놈들!"

양신호와 함께 소나무 가지 위에서 은하표국의 동정을 살피던 송치격이 경호성을 터뜨렸다.

은하표국의 정문이 세차게 열리더니 마차들이 줄지어 쏟아져 나왔다.

그 갑작스런 사태에 문을 부수려던 관병들이 뒤로 물러나며 급급히 흩어졌다. 그 사이로 스무 대의 마차는 바람처럼 달려나갔다.

"웃기는 놈들이군!"

양신호는 피식 냉소를 흘렸다.

이곳 소나무 위에서 내내 동정을 살피고 있었기에 국주 하유걸 가족들이 탄 마차가 어느 것인지는 꿰뚫고 있었다. 그러기에 아무리 스무 대의 마차가 동시에 달려나간다 하더라도 소용없었다.

관병들은 혼비백산하겠지만 자신들은 다른 마차는 어디로 가든 신경 쓸 것 없이 하유걸 가족이 탄 마차만 쫓으면 되는 것이다.

"저 마차지?"

양신호는 여전히 비웃음을 흘리며 막 정문을 나서는 마차 한 대를 주시했다.

다른 마차들과 똑 같았지만 그곳에 하유걸 가족들이 타고 있었다.

"따를까요?"

송치격도 양신호와 비슷한 미소를 지으며 말했다.

처음에는 약간 당황했지만 하유걸과 그 가족들만 놓치지

않으면 되는 것이다.

물론 표사들까지 모조리 죽이고 불을 지르면 더 좋았겠지만 지금은 날이 밝았으니 그건 불가능했다. 지금은 하유걸이 탄 마차만 놓치지 않으면 된다.

"조금 더 기다렸다가 거리를 두고 따르지. 그런데……."

양신호의 눈살이 찌푸려졌다.

"왜 그러십니까?"

송치격이 물었다.

"조 당주와 그 부하들을 몰살시킨 고수의 존재가 느껴지지 않아. 설마 하유걸 그놈 실력이 그 정도는 아닐 테고… 벌써 빠져나갔다는 말이군."

양신호의 얼굴에서 짜증이 묻어났다.

자신의 말대로 그렇게 된다면 앞으로 일은 훨씬 복잡해진다.

일단 하유걸 가족을 잡은 후 그의 존재에 대해서 알아내고 다시 추적해야 한다.

고수일수록 그건 더 어려워질 것이 분명하니 머리가 아팠다.

"글쎄요. 그럴 수도 있지요. 저곳에 그만한 고수는 보이지 않으니……."

송치격은 말끝을 흐렸다.

그 역시 소나무 위에서 눈이 빠지도록 절정고수의 흔적을 찾았지만 그런 풍모를 보이는 사람은 없었다.

"어엇!"

갑자기 양신호가 다급성을 질렀다.

생각에 잠겼던 송치격이 급히 고개를 돌렸다. 그러던 그도 입을 딱 벌렸다.

자신들이 몸을 숨기고 있는 소나무가 기우뚱 넘어가고 있었던 것이다.

第二十五章

혈풍종식(血風終熄)

"이, 이게!"

양신호와 송치격은 급히 소나무가지를 밟고 뛰어내렸다.

허공으로 몸을 날리면서도 그들은 지금의 사태를 이해할
수가 없었다.

어른 두 사람이 안아야 손끝이 겨우 닿을 정도로 굵은 노송
이었다. 그런데 그 노송이 갑자기 기울어지다니?

의문은 곧 풀렸다.

아래로 뛰어내리는 방향에서 한 개의 신형이 쾌속하게 솟
아오르고 있었다.

"헛!"

송치격이 비명을 질렀다.

솟아오르는 신형을 보며 가지 하나를 박차려 했는데 그 가지마저 잘려 허공으로 빠진 듯 몸이 아래로 추락했기 때문이다.

아무리 경공의 달인이라 할지라도 날개가 달린 새가 아닌 이상 허공에서 아무것도 밟지 못하면 떨어질 수밖에 없다.

송치격은 그렇게 아래로 떨어지고 그를 향해 검 한 자루가 바람처럼 날아들었다.

"하앗!"

송치격은 고함과 함께 자신의 허리에 있던 도를 빼 들어 휘둘렀다.

허공에 뜬 채, 아니, 아래로 추락하면서도 순식간에 도를 빼고 휘두르는 동작은 감탄을 자아내게 했다.

동창의 일백 당두 중, 서열 아홉 번째를 차지할 만한 자격이 충분했다.

차앙—

검과 도가 부딪치며 날카로운 쇳소리가 터졌다.

휘익—

떨어져 내리던 송치격이 병기끼리 부딪치는 탄력을 받아 몸을 뒤틀며 뒤쪽의 소나무 가지 하나를 박찼다.

이번에는 잘리지 않은 가지였기에 그의 몸은 탄력을 받고 허공으로 솟구쳤다.

"제법이군!"

차가운 음성과 함께 한조산이 재차 검을 휘둘렀다.

쌔애액—

한조산의 검에서 시퍼런 검기가 흘러나왔다.

마주친 소나무 가지들을 한꺼번에 잘라내며 한조산의 검기는 송치격을 양단할 듯 뻗어 나갔다.

"어림없다!"

양신호가 천둥 같은 고함을 지르며 한조산을 향해 일검을 휘둘렀다.

아직도 바닥을 향해 기울고 있는 가지를 박차며 검을 날리는 그의 모습은 절정을 바라본다고 해도 전혀 손색이 없었다.

휘이익—

양신호의 검에서 수십 개의 아지랑이가 피어오르며 한조산을 향해 날아들었다.

바람처럼 부드러운 아지랑이였다.

최상급 비단자락처럼 부드럽게 하늘거렸지만 그 아지랑이에 휘말리면 아름드리나무라도 두 동강 나고, 바위조차 산산조각으로 박살이 날 것이다.

양신호의 검초를 본 송치격의 눈이 둥그렇게 변했다.

양신호의 실력에 대한 자신의 판단은 엉터리였다. 지금 양신호가 뿌리는 검기의 수준은 예상을 훨씬 뛰어넘고 있었다.

자신들이 밟고 있던 거송을 미세한 소음도 없이 베어버린 한조산의 무위에 양신호는 그동안 숨기고 있던 자신의 무위를 고스란히 드러내면서 극강의 검초를 뿌리고 있는 것이다.

치이잉—

양신호가 뿌린 아지랑이 같은 검기에 마주쳐 가는 한조산의 검에서도 기음이 쏟아져 나왔다. 뒤이어 한조산의 검에서 짙은 묵광이 쭈욱 뻗어 나왔다.

주변의 양광을 모두 빨아들일 것 같은 짙은 묵광은 어느새 한 자락의 그물이 되어 양신호의 전신을 덮쳐 갔다.

"마라검기!"

양신호의 입에서 신음 같은 외침이 터졌다.

악마의 그물처럼 전신을 조여오는 묵빛 검기!

지옥의 그물이라 불리는 마라검기였다.

저 그물에 걸리면 영혼마저도 분쇄되어 구천을 떠돈다고 했다.

양신호는 미친 듯이 검을 휘둘렀다.

팔성의 내력을 쏟아부어 뻗어낸 필살의 검기였다.

부딪치는 것이라면 어떤 것이든 박살 내고, 막아오는 것이면 무엇이든 깨끗이 잘라낼 자신이 있었다.

그런데 마라검기가 덮쳐오자 자신이 뿌린 검기는 바람 앞의 등불처럼 위태롭기 그지없었다.

마라검기를 모조리 쳐 내는 것은 불가능했다.

우선은 최소한의 살길이라도 찾아야 했다.

카카카캉—

마치 쇠그물을 잘라내는 것 같은 소음이 울리며 그물 같은 마라검기에 겨우 구멍 하나를 뚫은 양신호가 그 사이로 신형을 빼냈다.

파아앗—

양신호의 어깨와 허벅지 등에서 핏물이 튀었다.

다 자르지 못한 마라검기가 가시울타리처럼 양신호의 전신을 긁은 것이다.

"청해마검!"

하얗게 질린 표정을 한 송치격이 불식간에 소리를 질렀다.

검기를 저런 식으로 펼치며 그 안에 걸린 것을 모조리 부수어 버리는 고수는 세상에 단 한 사람밖에 없었다.

한때 청해에서 악마의 검으로 불리던 청해마검!

바로 그였다.

하지만 십 년 전에 사라져 버렸던 별호였다.

그 긴 세월이 기억 속에서 아득히 지워 버린 별호였는데 별안간 눈앞에서 번쩍하고 나타난 것이다.

"당신?"

양신호도 몸 곳곳에서 흐르는 선혈을 의식하지 못한 채 멍하니 한조산을 쳐다보았다.

조염이 죽기 직전 읊조렸던 청해라는 단어가 청해마검일 줄은 꿈에도 생각지 못했다.

아마 동창으로 돌아가 청해라는 별호를 하나하나 훑으며
조사해 보아도 그건 마찬가지였을 것이다.

청해마검 한조산은 이미 강호라는 무대에서 사라져 버린
인물이었다. 그런 인물들까지 다 기억하기엔 동창이 관리하
는 별호는 너무 많았다.

조염이 죽고 부하들 서른 명까지 몰살당한 이유를 이젠 알
것 같았다.

청해마검이라면 충분히 그럴 만했다.

그들은 청해마검의 검에서 뻗어 나온 악마의 그물에 걸려
모조리 지옥으로 끌려간 것이다.

"당신이 어떻게?"

양신호는 이를 악물며 물었다.

자신들의 임무를 방해하고 조염과 서른 명의 번역을 베어
버린 자가 청해마검이라고 생각하니 절로 살기가 돋는 것이
다.

"고자 놈들의 졸개인 네놈들은 어떻게 이곳에 나타났느
냐?"

한조산은 냉소와 함께 대꾸하며 차가운 눈으로 양신호와
송치격을 노려보았다.

마치 시체를 쳐다보는 듯한 그 눈빛에 송치격은 절로 몸을
움츠렸다.

"설마 당신이… 오룡회(五龍會)의 일원……?"

양신호는 뜻 모를 말을 토해내며 한조산의 얼굴을 뚫어지게 쳐다보았다.

아마도 오룡회라는 것은 그들과 적대시하고 있는 조직인 것 같았다.

"글쎄… 그럴 수도 있고, 아닐 수도 있지."

오룡회가 무엇하는 곳인지 알 길이 없었지만 한조산은 양신호에게 혼란을 주기 위해 슬쩍 맞장구를 쳤다.

하유걸 대신 놈들의 모든 이목을 자신에게 쏠리게 할 작정을 한 한조산이었다.

그렇게 놈들이 자신을 추적하면 하유걸 가족들은 훨씬 안전하게 도피할 수가 있었다.

하유걸의 장남 하정현이 황염동의 암표 의뢰를 수락하고 하유걸이 그걸 비밀리에 조사하면서 벌어진 일이었지만 한조산 자신이 혼란을 일으키면 모든 것이 자신의 소행으로 여기고 하유걸 가족들에게는 관심을 끊을 수도 있었다.

청해마검이라는 자신의 별호는 그 정도 위협을 가하기에는 모자라지 않을 것이다.

"당신 같은 사람이 왜?"

송치격이 목소리를 높였다.

그의 눈에서 불길이 이는 것으로 보아 오룡회라는 곳에 대한 원한이 높은 것 같았다.

"세상일이란 모르는 것이지."

한조산은 여전히 연막을 피웠다.

"앞날이 두렵지 않소?"

양신호가 잇새로 말했다.

"그전에 네놈들 앞날이 당장 걱정이 아니더냐?"

한조산이 냉소를 흘리며 검을 아래로 비스듬히 내렸다.

마라십이검의 기수식이었다.

우우웅―

한조산의 검이 귀곡성을 토해냈다.

츠츠츠―

한조산의 검첨에서 뻗어 나온 기운에 휩싸인 소나무 가지
에서 매캐한 연기가 피어올랐다.

검을 휘두르지도 않았지만 그 검첨에서 흘러나온 기운만
으로도 나뭇가지를 재로 만들 정도였다.

양신호는 등줄기로 식은땀이 흘러내리는 느낌을 받았다.

저런 내력과 검기를 뿌릴 정도라면 명성보다 훨씬 더 무서
운 고수라는 생각이 들었다.

워낙 패도적인 검기를 뿌리다 보니 명성보다는 악명이 더
높았고 그것으로 인해 실력이 평가절하되어 있었던 모양이었
다.

"아무리 당신이 고수라 해도 우리를 건드리고도 무사할 수
없을 것이오."

송치격이 눈알을 굴리며 위협을 가했다.

"그럴까?"

한조산이 의미 있는 미소를 지었다.

"오룡회 따위를 믿고 그러는 모양인데… 얼마 지나지 않아 그들은 사라질 것이오."

송치격은 여전히 동창의 위명을 등에 업고자 했다.

그만큼 한조산의 신위에 두려움을 느끼고 있는 것이다.

"그건 두고 봐야 할 일이지."

한조산은 천천히 검을 들어 올렸다.

저런 상태에서 검이 옆으로 뻗어 나오면 지옥의 그물이 다시 펼쳐질 것이다.

그전에 선수를 쳐야 한다.

생각을 굳힌 양신호가 땅을 박찼다.

파앗―

땅거죽이 튀어 오르며 양신호의 신형이 쓰러진 거송 가지들을 헤치며 한조산에게로 짓쳐들었다. 그를 따라 송치격도 벼락처럼 도를 휘두르며 쇄도해 들었다.

때를 같이하여 한조산의 검이 지옥의 그물을 펼쳐냈다.

츄아아아앙―

묵빛 검기가 폭풍처럼 밀려나오며 바람조차 빠져나갈 수 없는 그물이 되어 양신호와 송치격을 덮쳐갔다.

카카카캉―

세 자루의 검이 부딪치며 번개가 터지는 듯한 섬광이 일었다.

순간적으로 마라검기의 그물이 출렁거렸다. 그만큼 양신호와 송치격의 검에서 쏟아지는 검기도 만만치 않았다.

"하앗!"

양신호가 기합성과 함께 검을 재차 휘둘렀다.

치이잉—

기음과 함께 순간적으로 묵빛 그물이 갈가리 찢어졌다.

양신호의 눈에 득의의 빛이 어렸다.

단전에 어린 모든 검기를 한꺼번에 쏟아부은 덕분으로 악마의 그물이라는 마라검기가 찢어져 나가고 있는 것이다.

송치격도 승기를 잡은 듯 입꼬리가 밀려 올라가며 혼신의 힘으로 도를 휘둘렀다.

"마라폭정(魔羅瀑釘)!"

한조산의 입에서 마라십이검의 여섯 번째 초식명이 터져 나왔다.

그와 동시에 가닥가닥 끊어졌다고 생각되던 묵색 그물이 모조리 폭우가 되어 양신호와 송치격을 향해 떨어져 내렸다.

'이, 이런!'

득의에 찬 미소를 피워 올렸던 송치격이 새파랗게 질린 채 도를 쳐 올렸다.

당문의 만천화우(滿天花雨) 같은 검기였다.

그 하나하나에는 당문의 절독 못지않은 치명적인 기운이

도사리고 있을 것이다.

"하앗―"

양신호도 대갈일성을 지르며 검을 휘돌렸다.

파파파파파팡!

대기가 터져 나가는 굉음이 연속적으로 터졌다. 그와 함께 무수한 불똥이 사방으로 튀어 나갔다.

마치 춘절을 맞아 폭죽이 터지는 것 같았다.

"크윽!"

빛의 폭죽 속에서 무거운 비명이 터져 나왔다.

양신호가 신형을 가누지 못하고 비틀거렸다.

그의 의복이 포탄의 파편이라도 뒤덮은 듯 너덜하게 변해 있었다.

그리고 그 너덜하게 변한 의복 사이로 연신 핏물이 흘러내리고 있었다.

"크으윽!"

송치격은 양신호보다 훨씬 더 심한 몰골로 답답한 비명과 함께 울컥 선혈을 토해냈다.

언제 잘려져 나갔는지 송치격의 도는 반으로 잘려 있었다.

"이럴… 수가……."

송치격은 흐릿해져 가는 눈으로 자신의 토막 난 도와 가슴에 뚫린 구멍을 쳐다보았다.

분명히 마라검기를 자르고 승기를 잡았다고 생각했는데

결과는 정반대였다.

가닥 나는 듯 보이던 검기는 다음 초식의 일환이었다.

어떻게 이런 검법이 있을 수 있단 말인가?

진정 악마적인 검법이었다.

세월에 희석된 청해마검이라는 별호!

자신이 생각하고 있던 것보다 배는 더 치명적이었다.

"젠장!"

송치격은 가슴에 난 구멍으로부터 쏟아져 나오기 시작하는 피를 보며 손바닥을 갖다댔다. 그러나 점점 더 양이 많아지는 선혈은 손가락 사이를 비집고 분수처럼 쏟아졌다.

"임무를……."

송치격은 양신호를 쳐다보며 바닥으로 무너졌다.

끝까지 그는 자신들이 맡은 임무의 완수를 양신호에게 당부하며 동창의 당두로 생을 마감했다.

"송 당두!"

양신호가 고함을 지르며 송치격에게로 다가가려 했다.

그러나 한조산의 검에서 흘러나오는 서늘한 기운이 신형을 옭죄어왔다.

양신호는 신형을 돌리며 양손으로 검을 모아 쥐었다.

죽은 조염과 마찬가지로 마지막까지 숨겨두었던 필살의 검초!

혼신의 힘을 다해 그것을 펼치고 실낱같은 기회나마 잡을 생각이었다.

스스스―

양신호의 검이 섬뜩한 음향과 함께 떨림을 일으켰다.

마치 방울뱀이 꼬리를 흔들며 경고음을 토하는 것 같았다.

"네놈도 표국의 담을 넘은 놈처럼 숨긴 잔재주가 있는 것
이냐?"

한조산이 차갑게 내뱉었다.

"죽어라!"

양신호가 목이 터져라 고함을 지르며 검을 내려쳤다.

파아앙―

폭음이 일며 양신호의 검이 사방으로 터져 나갔다.

내력을 쏟아부어 검을 폭발시키는 폭검술(爆劍術)이었다.

이런 식으로 폭검술을 펼치기 위해서는 큰 내력의 소모가
필요했다. 그러나 지금 한조산의 천라폭정에 타격을 입은 양
신호의 상태로서는 그만한 내력을 뿌릴 수가 없었다. 그럼에
도 불구하고 폭검술이 가능한 것은 그의 검이 작은 내력에도
폭발이 가능하도록 만들어졌기 때문이었다.

그것이 조염과 마찬가지로 양신호가 숨기고 있던 암수였
다.

파파파팟―

터져 나간 검의 조각들이 포탄의 파편처럼 한조산을 향해
덮쳐왔다.

순간적으로 한조산의 눈이 가늘어졌다.

비정상적인 양신호의 움직임으로 보아 무언가 수작을 부릴 것이라는 예상과 함께 대비하고 있던 중이었다.

츄아앙—

한조산의 검이 둥글게 회전했다.

시커멓게 쏟아진 검기가 하나의 막을 형성하며 한조산의 주변을 감쌌다.

절정에 이른 검막(劍幕)이었다.

파파파팡—

우산처럼 펼쳐진 검막에 폭발하던 검의 조각들이 부딪쳐 모조리 튕겨 나갔다.

필생의 수법이 검막에 막혀 무산되자 양신호가 멍하니 바닥에 떨어진 검의 파편들을 바라보았다.

유형의 검 조각들이 무형의 기운에 막혀 튕겨 나간 것이다.

자신은 한조산의 상대가 되지 않는다는 것을 뼈저리게 느끼는 순간이었다.

양신호는 검의 파편들을 쳐다보는 눈을 돌려 자신의 손을 쳐다보았다.

손에는 검신이 사라진 검자루만 들려 있었다.

"이제 더 이상 숨긴 잔재주는 없는 것이냐?"

한조산이 차가운 음성과 함께 양신호에게로 다가왔다.

"쿨럭!"

양신호는 기침과 함께 한 모금의 선혈을 토했다.

폭검술을 펼치며 무리하게 내력을 운기했기 때문이었다.

선혈을 토하던 양신호는 팔을 들어 올려 팔뚝으로 입술을 닦았다.

그 순간!

피피피핑—

들릴 듯 말 듯한 파공음과 함께 검의 손잡이에서 눈에 보이지도 않는 세침(細針)들이 무서운 속도로 쏟아져 나왔다.

"교활한!"

한조산이 세차게 검을 그어 내렸다.

우우웅—

한조산의 검에서 무서운 진동음이 일며 강력한 흡력(吸力)이 발생했다. 그 결과 무서운 속도로 날아오던 세침들이 모조리 한조산의 검신으로 끌려왔다.

"도로 가져가라!"

한조산은 다시 검을 세차게 휘둘렀다.

검신으로 빨려들던 세침들이 갑자기 방향을 바꾸어 그의 주인을 향해 폭발적으로 쏟아져 나갔다.

이런 결과를 예상하지 못한 양신호는 대경실색한 표정과 함께 몸을 날렸다.

검이 멀쩡했으면 검을 휘둘러 쳐 낼 생각이라도 했겠지만 폭검술로 검이 터져 버렸으니 몸을 빼내는 수밖에 없었다.

"크윽!"

허공에 뜬 상태에서 양신호는 비명을 터뜨렸다.

다 피하지 못한 세침들이 왼쪽 종아리 어림에 박혀 들었다.

맹독이 묻어 있는 세침들이었다.

당장 해독약을 복용하고 혈을 점하지 않으면 살아남을 수 없다.

그러나 지금은 도주하는 것이 급선무였다.

파앗—

이미 죽음을 예약한 양신호는 사력을 다해 소나무 가지 하나를 박찼다.

쉬이익—

그의 신형이 비조처럼 허공을 파고들었다.

미친 듯이 도주하는 양신호를 보면 한조산은 천천히 검을 내렸다.

"이젠 우리가 도망칠 차례군요. 되도록 흔적을 많이 남기면서."

건물 모퉁이에서 몸을 숨기고 있다가 모습을 드러낸 이한성이 한조산을 보고 말했다.

한조산이 천천히 고개를 돌려 이한성을 쳐다보았다.

이한성은 감고 있던 눈을 떴다.

눈으로는 따라잡을 수 없는 한조산과 양신호의 대결을 보기 위해 또 다른 눈을 사용한 것이다.

깊은 호수처럼 가라앉은 눈이었다.

같은 또래의 아이에게서는 도저히 찾아볼 수 없는 눈이기도 했다.

밤새 엄청난 사건을 겪었고 또 이곳에서까지 치열한 격전을 목격했지만 조금도 흔들리거나 동요하지 않는 눈이었다.

어린 나이에 상상도 할 수 없는 사고를 당하고 이런 상황까지 왔으니 또래의 아이들과 같은 눈빛일 수가 없을 것이다.

하지만 아무리 그렇다고 해도 저 나이의 소년에게서는 도저히 불가능한, 천성적인 무언가가 이한성의 눈에서 느껴졌다.

아직 어리지만 철의 심장을 가진 인간들의 특징을 고스란히 드러내고 있었다.

"놈을 살려준 까닭을 알고 있다는 말이구나."

이한성의 눈동자에서 시선을 돌린 한조산이 말했다.

"우리 쪽으로 주의를 돌려야 국주님 가족이 안전해지겠지요."

이한성은 아무런 색조 없이 한조산의 말에 대꾸했다.

한조산은 속으로 혀를 내둘렀다.

태산이 무너져도 눈 하나 깜박거리지 않을 담대함도 모자라, 이젠 머리꼭대기 위에서 자신의 생각을 읽고 있는 것 같았다.

"놈이 얼마나 살아 버틸지 모르겠지만 그 사이 동료들에게

모든 것을 알릴 방법을 강구하겠지. 그럼 즉시 추적이 이루어
질 것이야."

"서둘러야 하겠군요."

이한성이 고개를 끄덕거렸다.

"아무리 바빠도 텅 빈 창자에 뭔가 좀 채워야겠다."

한조산은 조금 전에 생사대전을 치른 사람 같지 않은 모습
으로 휘적휘적 걸음을 옮겼다.

그 뒤를 이한성이 천천히 따랐다.

"빨리 따라오지 못하겠느냐, 이놈아!"

잠시 후 모퉁이 뒤에서 속이 뒤집힌다는 듯한 한조산의 고
함 소리가 터져 나왔다.


*          *          *


"빌어먹을!"

죽을힘을 다해 한조산의 마수에서 벗어난 양신호는 도주
할 힘이 다 빠져 야산 모퉁이의 바위 뒤에 주저앉았다.

독이 더 퍼졌는지 정신마저 혼미해 왔다.

경공을 펼치면서 복용한 해독약 덕분에 그 자리에서 절명
하는 횡액은 피했지만 중독 즉시 지혈을 하고 독을 몰아내지
못해 온몸으로 퍼지고 있었다.

"꿀꺽!"

양신호는 해독약 한 개를 더 삼켰다.

독이 전신으로 퍼진 후의 해독약은 그 효력이 몇 배로 떨어진다.

지금으로서는 생명을 조금 더 연장시키는 역할밖에 하지 못한다.

그 시간을 최대한 활용해야 하는 것이 마지막 남은 임무였다.

그것마저 못하고 죽는다면 자신의 이름은 덧없이 동창의 명부에서 지워지고 남은 가족들은 아무런 혜택을 받지 못할 것이다.

비정한 제도였지만 그런 제도 때문에 동창의 사람들은 끝까지 포기하지 않고 독할 수밖에 없다.

잠시 호흡을 가다듬은 양신호는 고개를 빼서 뒤를 살폈다.

추적의 흔적은 보이지 않았다.

만약 청해마검이 추적을 했더라면 한참 전에 염왕을 알현하고 있을 것이다.

다행이란 생각과 함께 의구심도 동시에 일었다.

충분히 추격하여 끝장을 볼 수 있었는데 왜 살려주었을까?

도주하게 두어도 얼마 가지 못한다는 것을 알고 한 행동일 수도 있었고, 추적하지 못할 급한 이유가 있었을 수도 있었다.

혼미해져 오는 정신이 깊은 생각을 방해했다. 또한 지금은 그런 생각에 시간을 낭비할 때가 아니었다.

양신호는 서둘러 품속에서 새끼손가락만큼 작은 두루마리 종이와 이상하게 생긴 송곳을 꺼냈다.

푹!

송곳으로 팔뚝 한 곳을 찌른 양신호는 작은 두루마리 종이 위에 서둘러 송곳을 움직였다.

슥!

스슥!

두루마리 종이 위에 혈서가 적혀 나갔다.

글자가 아닌, 이상한 기호로 된 혈서는 동창의 암호문장인 것 같았다.

혈서를 다 적은 양신호는 두루마리 종이를 말아 그것에 꼭 맞는 통에 넣고는 마개를 닫았다.

이제 동창의 당두로서 최소한의 임무를 마친 것이다.

다른 당두들이 자신의 시신을 발견하여 이것을 확인하면 임무 중 전사자로 처리되어 가족들의 생계는 걱정하지 않아도 된다.

양신호는 작은 통을 한번 살펴본 후 그것을 입에 넣고 꿀꺽 삼켰다.

나중에 자신의 시신을 확보한 동료들은 배를 갈라 자신이 작성한 보고서를 보고 재빨리 추적을 펼칠 것이다. 그렇게 되면 아무리 청해마검이라 하더라도 발 뻗고 잘 수는 없으리라.

"그것이면 최소한의 복수는 되려나? 후후!"

양신호는 허탈한 웃음을 흘렸다.

동창의 일백 당두 중 서열 오 위로 거의 무소불위의 힘을 휘둘렀는데 그 끝은 너무 허무했다.

서열 일 위까지 올라 무언가 더 큰일을 해보고 싶었는데 이렇게 마감한다는 것이 못내 한으로 남았다. 아마 죽어서도 원혼이 되어 구천을 떠돌 것 같았다.

양신호는 억지로 몸을 일으키려 했다.

몸이 움직여지기는커녕, 팔을 들어 올리는 것도 힘들었다.

"이럴 줄 알고 그냥 놔둔 것이군."

양신호는 쓰게 웃었다.

수고스럽게 추적하여 검을 휘두르지 않아도 이렇게 죽을 테니 가만히 놔둔 것이다.

"생긴 것보다 게으른 늙은이야."

양신호는 긴 숨을 토해 냈다.

그 늙은이의 게으름이 자신에게 최소한의 임무를 수행할 시간을 주었고, 그래서 자신의 존재가 흔적 없이 사라지는 것이 아닌, 임무 중 전사한 동창의 당두로 남게 되었다.

"고맙다고 해야 하나?"

마지막 힘을 짜내 중얼거리던 양신호의 얼굴이 급격히 찌그러졌다.

"이런!"

양신호의 미간이 급격히 좁혀졌다.

죽음을 맞이한 마지막 순간에 찾아오는 회광반조처럼 번쩍하고 한 가지 생각이 뇌리를 스친 것이다.

이 모든 것이 하유걸 가족을 보호하기 위한 처사였다면?

자신을 도망치게 놓아둔 것이 계획적이었다면 맞아떨어진다.

사건의 핵심인물은 하유걸인데 그것을 감추고 모든 이목을 한조산 자신에게 돌리기 위한 속임수였다면?

양신호는 이를 갈았다.

한조산이 너무 설치는 바람에 뱃속에 삼킨 두루마리에는 한조산에 대한 것만 적었다.

또한 그가 오룡회의 일원일 가능성이 높다고도 적었다.

그런 자가 오룡회의 일원이면 일이 훨씬 어려워진다. 그리고 차후 오룡회의 저력에 대해 재평가해야 한다.

그 내용만으로도 종이가 모자랐다.

나중에 다른 당두들이 자신의 배를 가르고 그 두루마리를 본다면 자신의 우려대로 한조산에게 모든 혐의를 돌리고 한조산만 쫓을 것이다. 하유걸은 그곳의 표사들처럼 모진 놈 옆에 있다가 벼락 맞은 재수 없는 인간쯤으로 여기고 넘겨 버릴 수도 있다.

그런데 실상은 하유걸이 모든 비밀을 알고 있다.

차후 하유걸이 은밀하게 진상을 밝혀 나가면 자신들의 계획이 막대한 타격을 입을 것이다.

물론 동창의 다른 당두들이 하유걸을 완전히 배재하지는 않고 조사를 할 것이지만 자신과 마찬가지로 청해마검이라는 엄청난 별호에 눌려 흘려 버릴 가능성이 컸다.

그러기에 마지막 보고서는 청해마검을 무시하고 오히려 하유걸을 쫓으라고 써야 했다.

청해마검이라는 엄청난 별호 때문에 그것을 간과했다.

"제길!"

양신호는 역정을 토했다. 그리고 손을 목구멍에 넣어 두루마리를 도로 토해내려고 했다.

툭!

반도 들어 올리지 못한 팔이 아래로 툭 떨어졌다.

동시에 그의 목숨도 같이 끊어졌다.

第二十六章

사제지연(師弟之緣)

"내 문파는 감숙성의 기련산에 자리 잡은 현천검문(玄天劍門)이라는 곳이다."

울창한 잣나무 숲 가운데서 한조산은 차분한 음성으로 말했다.

등을 돌린 채 뒷짐을 지고 서산의 낙조(落照)를 바라보고 있는 그의 모습에서는 은하표국에서 쟁자수 노릇이나 하던 한 노인의 기운은 단 한 점도 느껴지지 않았다.

회한이 이는 듯 붉게 타오르는 노을에 시선을 고정시킨 그의 뒷모습은 만년의 고독을 이겨내고 그 자리를 지키고 있는 거암처럼 크게 확대되었다.

은하표국에서의 혈전을 종식시킨 뒤, 이한성의 짐작대로 한조산은 최대한 흔적을 많이 남기며 이곳까지 왔다.

　이곳은 은하표국에서 반나절 이상 떨어진 곳으로 성시를 벗어나 산도로 접어들어 산중턱에 있는 잣나무 군락지였다.

　한조산은 이곳까지 오며 이한성에게 한마디도 건네지 않고 걸음만 옮기다가 잣나무 숲 속에서 잠시 휴식을 취하며 처음으로 입을 열었다.

　이한성 역시 그동안 한조산과 마찬가지로 한 번도 입을 열지 않고 묵묵히 따르기만 했다. 그리고 지금 역시 아무런 반응 없이 묵묵히 한조산의 말을 듣고 있었다.

　"문도 수는 스무 명을 넘지 않았고, 웬만해서는 기련산 밖을 나가지 않고 검의 극의만을 깨우치기 위해 매진하는 문파였지."

　한조산의 목소리가 조금 더 가라앉았다.

　자신이 몸담았던 문파에 대한 회상은 일대종사의 가슴에도 파문을 일으키는 모양이었다.

　"겨우 스물에 이르는 문도들이지만 그들 개개인의 무공은 일파의 문주와 맞먹을 만했다. 아니, 최소한 반 푼이라도 더 높을 것이다."

　가라앉았던 한조산의 목소리에 강한 자부심이 어렸다.

　이한성은 한조산의 말에 일말의 의심도 가지지 않았다.

　한조산 한 사람만 보더라도 그건 충분히 인정할 수 있었다.

한 가지 의구심이 생겼다면 기련산에서만 생활하며 검의 극의를 깨우치는 사람 중 한 사람인 한조산이 왜 그곳을 벗어나 이곳까지 와 있는가 하는 것이었다.

"내 스승은 운봉선인(雲峰仙人)이라고 불리셨다. 내 문파가 있던 곳에서 바라보이는 가장 높은 봉우리인 운봉령에서 더 깊은 심득을 얻기 위해 언제나 가부좌를 틀고 앉아 계셨기에 그곳 사람들이 그렇게 부른 것이지. 아마도 그 사람들은 스승님이 검을 익힌 무인이라는 것도 의식하지 못했을 것이야. 현천검문의 문주이시니 검을 익혔거니 하는 짐작은 했겠지만 한 번도 검을 휘두르거나, 심지어는 검을 소지한 모습조차 보지 못했으니 분명 그랬을 것이야."

자부심 가득하던 한조산의 목소리가 더없이 경건하게 변했다.

이런 패도적인 성정의 노인에게도 그런 감정이 남아 있다는 것이 믿어지지 않는 순간이었다.

"그분에게는 검이 필요 없으셨지. 주변에 있는 나뭇가지 하나, 풀잎 한 줄기라도 꺾어서 손에 들면 세상 어떤 보검보다 무서운 위력을 발휘했으니까. 나중에는 그것도 필요 없었지. 마음이 곧 검이고, 의념만으로도 검을 휘두르는 것과 같은 위력을 발휘했으니까."

한조산은 감흥이 큰지 잠시 말을 멈추고 호흡을 골랐다.

"그런 수준을 강호에서는 심검이라고 하지. 후후!"

한조산은 오연하게 웃었다. 강호무림 그 누가 있어 자신의 사부만큼 성취를 이루었겠느냐는 자부심이 담긴 웃음이었다.

심검!

검을 든 사람에게 있어서는 최고의 경지였다.

마음을 일으키는 것만으로도 검기가 일고 목표물을 베어버리는 경지는 그야말로 신의 영역에 속한 것이라 할 수 있었다.

한조산의 스승인 운봉선인은 그 경지에 도달했다는 말이다.

심검이 어떤 것인지 알지 못하는 이한성이었지만 한조산 같은 사람이 저렇게 경외감 가득한 표정으로 설명을 하는 것으로 보아 심검이라는 것이 아무나 이룰 수 있는 수준이 아니라는 것을 어렴풋이 느꼈다.

심검!

'언젠가는 나도 가능할까?'

한조산의 설명이 잠시 멈춘 사이, 이한성은 자신만의 상념에 빠져들었다.

오늘 아침 은하표국에서의 환란이 막을 내리는 시점에서 다시 마주친 두 명의 고수와 한조산의 대결!

담장 모퉁이 뒤에 꼭 붙어 있으라는 한조산의 엄명에도 불구하고 이한성은 잠시 고개를 내밀었다. 그러나 그들의 대결은 너무 빠르고 엄청나 눈으로는 제대로 볼 수 없었다.

자연스럽게 눈을 감고 정수리에 온 신경을 집중시켜 또 하나의 눈으로 그 장면들을 관조했다.

두 중년인의 검에서 뻗어 나오던 그 기운들!

모두 인간의 호흡에서 만들어졌지만 그것은 도검보다 더 강하고 더 날카로웠다.

하지만 그 기운들을 그물에 가두듯 모조리 가두고 산산조각으로 잘라 나가는 한조산의 기운은 말로는 표현을 불가능하게 만들었다.

그 기운들을 관조하며 이한성은 신열에 온몸이 휩싸인 것 같은 느낌을 받았다.

아름드리 거송도 단번에 베어버리고 바위마저 박살을 내는 위험천만한 기운이었지만 이한성이 느낀 감정은 희열에 가까운 것이었다.

그 기운이 조금이라도 방향을 잘못 틀어 자신에게로 향했다면 온몸이 산산조각 날 만큼 위협적이었지만 이한성은 조금도 두렵지 않았다. 오히려 너무나 황홀하게 느껴져 자신도 모르게 가까이 다가갈 뻔했다.

그때 이한성은 자신의 혈관 속에 강호인의 피가 흐르고 있다는 것을 강렬하게 느꼈다.

그 강호인의 피가 절정고수들의 대결 장면을 보고 본능적으로 끓어올라 신열에 들뜨게 했다.

그 순간에 와 닿는 검이라는 존재는 사람을 죽이는 도구라는 생각보다는 절대적인 강함을 이끌어내는 신물(神物)처럼 여겨졌다.

언젠가는 자신도 그 신물을 손에 쥐고 절대강의 힘을 뿜어보고 싶은 충동이 가슴 밑바닥에서 휘몰아쳤다.

이한성은 울렁거리는 가슴을 억지로 진정시키며 한조산의 다음 설명을 기다렸다.

"스승님께서는 다섯 명의 제자를 두었는데, 나는 스승님의 세 번째 제자였다. 다시 말해 내 위로 두 명의 사형이 있었고 아래로도 두 명의 사제가 있었다. 사형들의 별호는 각각 현유검(玄柔劍), 적월검(赤月劍)이었고 두 사제는 청하검(靑河劍)과 진령검(震靈劍)이었다."

한조산은 마치 새로 맞아들인 제자에게 가르쳐 주듯 이한성에게 자신의 사문에 대해 하나하나 설명하기 시작했다.

"현유검 대사형은 한없이 부드럽고 인자한 분이셨지. 나하고는 열 살가량 나이차가 나서 어릴 때는 사형이라기보다는 삼촌 같은 분이셨지. 그분은 언제나 내 잘못을 눈감아주시고 때로는 자신의 잘못으로 뒤집어써서 스승님께 대신 꾸지람을 듣기도 하셨지. 후후!"

한조산의 얼굴에 자책의 기운이 번져 나갔다.

아마도 어린 시절 대사형에게 한 잘못이 아직도 마음에 걸리는 모양이었다.

"그분의 검은 별호 그대로 현현하고도 부드러웠다. 그분이 펼치는 검법을 보고 있으면 마치 미풍이 온 세상을 다 휘감아 온 세상에 봄바람이 가득한 것 같았다. 그때 그분의 검은 검이 아니라 봄바람이었다. 하지만 그 봄바람 속에는 사악한 것들은 추호도 용납하지 않는 추상같은 기운도 같이 내포되어 있었지. 올해 세수 칠십둘로 십 년 동안 맡아오던 현천검문의 문주직을 작년에 사제 청하검에게 물려주었다고 들었다."

한조산은 기련산과는 세상의 반대쪽이라 할 만큼 먼 이곳에 있으면서도 사문에 대한 관심은 끊지 않고 있는 모양이었다.

"둘째 사형 적월검은 나보다는 네 살이 많은 분이셨다. 별호에서 알 수 있듯이 그분이 검을 휘두르면 밤하늘에 뜬 달조차도 붉게 물이 들 정도로 패도적인 기운을 뿌리는 분이셨다. 어릴 때 나에게는 저승사자 같은 분이셨지. 하지만 지나고 보니 그분에게 가장 많은 것을 배웠다는 것을 느꼈다. 살아 계셨으면 세수 육십다섯이 되었겠지만 타고난 수명이 짧았든지 벌써 오래전에 돌아가셨다. 그분이 살아… 계셨더라면 현천검문은 더 이상 은자의 문파가 아니었을 것이지만……."

한조산의 음성에 아쉬움이 묻어나는 것으로 보아 한조산 역시 사문인 현천검문이 기련산에만 머무르며 은자의 길을 걷고 있는 것이 안타까운 모양이었다. 어쩌면 그래서 그가 그곳에 있지 않고 이곳이 있는 것인지도 몰랐다.

"내 바로 아래 사제이자 지금 현천검문의 문주인 청하검은 나보다는 다섯 살이 어린 녀석이지. 이젠 그도 환갑을 바라보는 나이이니 녀석이라는 표현은 과하구나. 그는 내 바로 위 사형인 적월검이나 나보다는 대사형을 더 많이 닮았지. 언제나 얼굴에는 미소를 잃지 않았고 세상 밖의 일보다는 자신의 내면에 더 관심이 많은 사람이었지. 그런 성격 탓에 어떤 때는 며칠 동안 물 한 모금 안 마시고 자신이 휘두른 검로를 되새기다 기어코는 머리카락만 한 빈틈을 찾아내고는 미친 사람처럼 광소를 터뜨리기도 했지. 자연 그는 검에 있어서 발군의 성취를 이루었고, 나이 서른 살이 되었을 때는 대사형도 그를 당해내지 못했지. 아마 이젠 사부님의 경지도 넘어서고 있을 것이야."

한조산은 자신의 말에 확신을 하듯 불식간에 고개를 끄덕이고 있었다.

"막내 사제 진령검은 사부께서 말년에 얻은 제자로 지금 나이 서른밖에 되지 않았다. 나이로 따진다면 내 제자라 해도 무방하지. 그 녀석에 대해서는 별로 해줄 말이 없구나. 어릴 때 보고 헤어졌으니. 다만 그 이후에 진령검이라는 별호로 불린다는 것만 아는 정도다. 지금 마주친다면 서로 얼굴도 못 알아보겠지. 어쩌면 어릴 때 나를 본 기억도 떠올리지 못할지도……."

사부와 사제들에 대한 간단한 설명을 마친 한조산은 노을을 쳐다보던 신형을 돌려 옆에 있는 바위에 앉았다. 그리고 곰방대를 꺼내 불을 붙이고 천천히 빨아들인 후 길게 연기를 내뱉었다.

한조산의 입을 통해 뿜어져 나오는 연기가 그의 가슴에 담긴 사연처럼 짙게 느껴졌다.

이후 한조산은 더 이상 다른 말은 하지 않고 곰방대만 빨았다.

이한성은 한조산의 설명을 들을수록 더 많은 궁금증이 생겼다.

그런 정도의 실력을 갖추었다면 중원무림에서도 가장 강한 문파로 이름을 날릴 수도 있을 것인데 왜 그곳에 있기만을 고집하는지.

또 지금 한조산은 왜 이곳에 있는지.

무엇보다 한조산은 자신의 사문에 대해, 그리고 사형과 사제들에 대해 설명을 하면서 정작 자기 자신에 관한 것은 일절 말하지 않았다.

하지만 그런 궁금증들은 나중에 차차 풀릴 일이었다. 지금은 한조산이 자신에게 그런 것들을 들려주는 사실만으로도 벅찼다.

청해마검이라는 가공할 정체를 숨기고 이곳까지 와서 남의 집 하인 노릇이나 하고 있던 한조산이었다. 그리고 성격상 그는 누군가에게 이렇게 자신을 꺼내 보일 사람이 아니었다.

강호나 무림에 대해서는 문외한인 이한성이었지만 어릴 때 읽은 얘기책을 통해 지금 이 순간이 어떤 상황인지 짐작하고 있었다.

　그리고 이런 상황에 어떻게 행동해야 하는지도…….

　이한성은 천천히 걸음을 옮겨 한조산 앞으로 갔다.

　그리고는 한조산을 향해 아홉 번의 절을 올렸다.

　마구간에서 처음 대면했을 때라면 네놈이 뭔데 나에게 구배를 올리느냐며 벼락같은 고함과 함께 일장을 내뻗으려고 했을 한조산이었다. 그러나 지금 한조산은 아무런 말도 하지 않고 허공만 응시했다.

　"갈 길이 멀다."

　이한성이 구배를 마치자 곰방대를 허리에 꽂은 한조산은 짤막한 한마디와 함께 신형을 일으켰다.

　이한성은 여전히 아무 말 없이 한조산을 따랐다.

『무정철협』 3권에 계속…

신풍기협 神氣회俠

FANTASTIC ORIENTAL HEROES

윤신현 新무협 판타지 소설

「수라검제」,「태양전기」의 작가 윤신현
우직한 남자의 향기와 함께 돌아오다!

사부와 함께 떠났던 고향.
기다리는 친구들 곁으로 돌아온 강진혁은
사부의 유언을 지키기 위해 강호로 나선다.
반드시 돌아오겠다는 약속을 남기고.

"믿어라. 난 결코 허언을 하지 않는다."

무인으로 살 것인가, 무림인으로 살 것인가.
고민을 안고 나아가는 강진혁의 강호행!

신의 바람이 불어와 무림에 닿을 때,
천하는 또 하나의 전설을 보게 되리라!

Book Publishing CHUNGEORAM

유행이 아닌 자유추구 ~
WWW.chungeoram.com